U0624422

琼 瑶

作 品 大 全 集

还珠格格

第二部 1

风云再起

琼瑶 著

作家出版社

琼瑶，本名陈喆，作家、编剧、作词人、影视制作人。原籍湖南衡阳，1938年生于四川成都，1949年随父母由大陆赴台生活。16岁时以笔名心如发表小说《云影》，25岁时出版首部长篇小说《窗外》。多年来笔耕不辍，代表作包括《烟雨蒙蒙》《几度夕阳红》《彩云飞》《海鸥飞处》《心有千千结》《一帘幽梦》《在水一方》《我是一片云》《庭院深深》等。

多部作品先后改编成为电影及电视剧，琼瑶也因此步入影视产业。《六个梦》系列、《梅花三弄》系列、《还珠格格》系列等，影响至深，成为几代读者与观众共同的记忆。

琼瑶以流畅优美的文笔，编织了众多曲折动人的故事。其作品以对于梦的憧憬和爱的执着，与大众流行文化紧密结合，风靡半个多世纪，成为华文世界中极重要的文学经典。

我为爱而生，我为爱而写
文字裡度过多少春夏秋冬
文字裡留下多少青春浪漫
人世间雖然没有天長地久
故事裡火花燃燒爱也依舊

復祿

序

乾隆二十五年，秋天。

这天，整个北京城都陷在一片混乱里，一个惊天动地的消息，让所有的老百姓都震动了。大家奔走相告，群情激昂。听说，宫里出了大事，"还珠格格"和"明珠格格"闯下了滔天大祸，皇上大怒，要把两位格格斩首示众！今天，就是斩首的日子！大家不敢相信这是事实，还珠格格和明珠格格，那是两位"民间格格"呀！怎么可能把这样富有传奇色彩、充满离奇故事的民间格格处死呢？大家激动着，喧嚣着，争先恐后地奔到正阳门前的大街上，伸长了脑袋往前看。

果然，行刑的队伍出现了！

锣声当当地响着。军队带着武器，整齐划一地出现。监斩官严肃地骑着马在前开道。大大的旗子，迎风飘扬，上面写着"斩"字。后面，跟着穿着黄衣的御林军，手拿木棍，拦着街道两边蜂拥而至的人群，不许老百姓接近囚车。囚车紧跟着出现。两位格格果然站在囚车上，群众不禁大哗。

紫薇穿着大红色的格格装，外加月白色背心，绣着团花蝴蝶。小燕子穿了深红色的格格装，同色的背心，满身描金绣凤。两人都是珠围翠绕，梳着高高的旗头，像帽子似的旗头上，簪着大大的牡丹花。她们虽然戴着脚镣手铐，被铐在囚车的栏杆上，但是，两人衣饰整齐，簪环首饰，一应俱全。看来完全不像两个要被"处死"的人犯，倒像要赴什么盛宴似的。两人都昂着头，临风而立，衣袂飘飘，美得像从图画里走出来的人物。眉尖眼底，没有惊恐，没有悲伤，只有一股视死如归的豪气。

群众看到这样两位格格，就哄然喊叫起来了：

"看啊！看啊！真是两位格格吧！还珠格格和明珠格格！"

"是咱们的'民间格格'吧！好漂亮的两个格格呀！皇上要把她们砍头呀！"

"这么漂亮的格格，为什么要砍头啊？"

"民间格格没地位嘛，皇上一生气，脑袋就丢了！"

"可是，那个还珠格格去年还和皇上一起游行，到天坛祭天，我们才看过，才一年，怎么就要砍头了？"

"是啊！那时候多威风呀！眼睛一眨，格格就成了犯人，真让人奇怪……"

"所以说，这'民间格格'，就是倒霉，做错一点事，砍头就砍头！什么时候听说过正牌格格砍头的事？伴君如伴虎呀！"

群众吼着，叫着，议论着。大家越说就越是愤愤不平，挤来挤去，情绪激动。

小燕子看着满街挤得水泄不通的人群，好惊奇。怎么？大家都知道"还珠格格"今天要死了？她掉头看看身边的紫薇，实在佩服紫薇的镇定，到了这种时刻，她还是那么宁静，好像她真的不在乎"死"。小燕子就不行，想到脑袋即将和身体分家，她还是很怕，很舍不得，很不服气地伸了伸脖子，咽了咽口水，她对紫薇说道：

"没想到，有这么多人来看我们死！我们死得好热闹啊！这样子'死'，我觉得也很'气派'了，简直死得'轰轰烈烈'！砍头痛不痛，我也不在乎了！"

"我们勇敢一点，千万不要掉眼泪，知道吗？这么多人看着，让我们的演出精彩一些！"紫薇给小燕子打气，抬头挺胸地说。

"是！我们唱歌吧！"小燕子看那么多人，就神采飞扬起来。管他呢！反正是要头一颗，要命一条嘛！

"好！我们唱'今日天气好晴朗'！"

两人就引吭高歌起来：

"今日天气好晴朗，处处好风光！蝴蝶儿忙，蜜蜂儿忙，小鸟儿忙着白云也忙！马蹄践得落花香，马蹄践得落花香！眼前骆驼成群过，驼铃响叮当！这也歌唱，那也歌唱，风儿也唱着，水也歌唱！绿野茫茫天苍苍，绿野茫茫天苍苍……"

两人这样一唱，围观群众更是如疯如狂，情绪沸腾，七嘴八舌地喊道：

"看啊！她们还唱歌呢！她们一点都不怕，好勇敢！好伟大！比男人都强！"

"听说这两个格格都是女中豪杰，爱打抱不平！在宫里做过许多好事！这样的格格要砍头，太没天理了！"

这时，在人群之中，有四个出色的年轻人，正跟着队伍，亦步亦趋地前进。四个人的眼光，全部紧追着两位格格，目不转睛。他们打扮成普通的老百姓，但是，那种英姿飒飒，却不是服装能遮掩的。这四个人不是别人，正是尔康、永琪、柳青、柳红。他们全神贯注地跟着队伍移动，蓄势待发。

突然，有个妇人排众而出，挤到囚车前面，喊道：

"还珠格格！我们是'翰轩棋社'的受害人，谢谢你为我们除害！"

又有一群人跟着大叫："还珠格格千岁千岁千千岁！明珠格格千岁千岁千千岁！"喊着喊着，这些人竟然匍匐在地，给小燕子和紫薇磕起头来。

群众的呼叫具有传染力，又有更多群众高声呼应：

"饶格格不死！饶格格不死！饶格格不死……"

小燕子和紫薇惊喜互看，简直无法相信这种场面。小燕子就喊了起来：

"紫薇，你听！你听，大家都知道我们，大家都不要我们死！"

紫薇震动得一塌糊涂：

"是啊！我太感动了！大概，我们的故事，已经传开了！"

这时，人群中有个老妇人，颤巍巍地奔出来，凄厉地喊道：

"民间格格是我们大家的'格格'，不可以砍头啊！"

紫薇看着小燕子，摇着她：

"那是大杂院的孙婆婆啊！"

小燕子放眼看去，越看越惊喜：

"好多大杂院的人……柏奶奶、齐爷爷、魏公公……他们都来了！"

又有一个老者，冲到监斩官前面去，大喊着：

"我们为格格请命！她们两个是'民间格格'，代表我们民间！请皇上顺应民意！饶格格不死！"

群众一呼百应，就吼声震天地喊了起来：

"民间格格不可杀！饶格格不死！饶格格不死！饶格格不死……"

整个队伍都被失控的群众拦住了，群众成群结队地匍匐在马路上，高举双手，再跪拜下去，气势实在惊人。监斩官惊愕地看着这一切，震动极了。回头再看看小燕子和紫薇，两位格格如花似玉，站在那儿，飘然若仙！毕竟是两个格格呀！皇上真的要杀她们吗？还是一时气愤呢？这种状况，不能不让皇上知道！说不定可以救下两位格格！监斩官想着，就急忙对身边一个侍卫说道：

"赶快回去禀告皇上，看看可不可以'刀下留人'。"

"遵命！"侍卫飞骑而去。

在人群中的尔康、永琪、柳青、柳红都精神一振，面有惊喜之色。

"大家先等一等，说不定有转机！"尔康低声说道。

"监斩官已经派人回去了！"永琪拼命点头。

"队伍也停下来了！"柳红眼中发着光。

"有希望了！有希望了！"柳青喃喃自语。

群众还在吼着，叫着：

"饶格格不死！饶格格不死！饶格格不死……"

紫薇和小燕子好感动，就对大家挥起手来：

"谢谢大家！"

"谢谢！谢谢！孙婆婆、柏奶奶、齐爷爷……谢谢！"小燕子也喊。

群众也挥手响应：

"格格吉祥！格格千岁千岁千千岁！"

紫薇和小燕子感动得热泪盈眶。两人疯狂地挥着帕子，脚镣手铐跟着"丁零哐啷"地响。两人眼中含泪，嘴边带笑。

紫薇忽然在人群中看到了尔康、永琪、柳青、柳红。她惊得浑身一颤，眼光就和尔康的眼光纠缠在一起了。尔康立刻用眼神传递讯息。刹那间，天地万物，化为虚无。世界变成混沌初开的时候，什么人都不存在了，只有你我。在那一瞬间，两人的眼光已经交换了千言万语。

群众依然在激昂地高呼着：

"格格不死！千岁千岁千千岁！格格不死！千岁千岁千千岁……"

监斩官等待着，群众等待着，紫薇和小燕子等待着，尔康、永琪、柳青、柳红……等待着。终于，马蹄嗒嗒，那个奔去请命的侍卫，高举着一面黄旗，快马奔了回来。

所有的群众，全部安静下来，大家都目不转睛地盯着那面黄色的旗子。

　　"皇上有令，立即处死两个人犯！杀无赦！"侍卫高喊着。

　　尔康惊呆了，永琪惊呆了，柳青、柳红惊呆了。

　　监斩官惊呆了，群众惊呆了。

　　紫薇和小燕子也惊呆了。

第一章

故事要从乾隆二十五年的春天说起。

这天,北京郊外,大地苍茫。阿里和卓带着他那珍贵的女儿含香公主,带着众多的回族武士、回兵、车队、马队、骆驼队、鼓乐队、美女队……浩浩荡荡地向北京城前进。一路上,队伍奏着回部民族音乐,唱着回族的歌,举着回部的旗帜,雄赳赳,气昂昂。

阿里和卓一马当先,后面是马队,再后面是旗队,再后面是乐队,再后面才是那辆金碧辉煌的马车。车上,含香穿着一身红色的回族衣衫,正襟危坐,红纱蒙着口鼻,面容肃穆而带着哀戚。她的身边,回族仆妇维娜和吉娜左右环侍。再后面是骆驼队,驮着大批礼物,再后面是数十名精挑细选的回族美女,然后是回族士兵压阵。

含香一任车子辘辘前进,她眼睛直视着前方,却视而不见,对于四周景致,漠不关心,脸上一点表情也没有。

维娜从水壶中倒了一杯水，递到含香面前。

"公主，喝点水吧！"

含香摇摇头，眼睛依然凝视着远方，动也不动，像一座美丽绝伦的石像。

维娜与吉娜交换了一个无奈的注视，用回语说了一些"怎么办"之类的话。

前面的阿里回头看了一眼，策马走来，对含香正色地说道：

"含香！你是为了我们回部，到北京去的！我们回部的女子，多么勇敢！你不要再闹别扭了，爹以你为荣啊！"

含香不语，美丽的大眼睛里，闪烁着忧伤，凝视着父亲，脸色凄然中带着壮烈。

阿里不愿再面对这样的眼光，就用力地拍了拍含香的坐车，掉头而去。

队伍行行重行行。

黄昏时分，队伍走进了一个山谷，两边岗峦起伏。

在山壁后面，蒙丹正屏息等待着。

蒙丹是个高大挺拔的年轻人，穿着一身白色劲装，骑在马上，用白巾蒙着嘴和鼻子，只露出一对晶亮黝黑的眸子，双眸炯炯地注视着整个队伍，再紧紧地看往含香的车子。他的呼吸急促，眼神专注。

眼看马队走进山谷，蒙丹蓦然一回头，对身后的四个白衣骑士一声吆喝：

"他们来了！我们上！"

蒙丹一面高呼着，一面就从山崖后面飞蹿出去，嘴里大声吼叫着，直冲车队。后面的白衣骑士也跟着冲进队伍。

音乐乍停。队伍大乱。车队停下。阿里大叫：

"保护公主！保护公主！"

蒙丹直奔含香的车前，手里挥舞着一把月牙弯刀，锐不可当。士兵一拥而上，全部被蒙丹逼退。

维娜、吉娜用回语惊恐地叽里呱啦喊叫。后面的美女更是惊叫连连。

转眼间，蒙丹就冲到含香面前，和含香四目相对。又是他！含香蓦然一震。蒙丹已经伸手，一把扣住她的手腕。

"跟我走！"

含香还没回过神来，说时迟，那时快，回族武士已经冲上前来，一个武士一剑劈向蒙丹的手臂，蒙丹被迫放开含香，回身应战。重重武士立即包抄过来，和蒙丹展开一场恶斗。

含香情不自禁站起身来，睁大眼睛，紧紧地盯着蒙丹的身影，看得心惊胆战。

只见蒙丹势如拼命，力战源源不绝的武士。手里那把月牙弯刀，舞得密不透风，但是，他显然不愿伤人性命，有些顾此失彼。而回部武士，却个个要置他于死地，何况是以寡敌众，这场战斗一上来就摆明了是"明知不可为而为之"的打斗，打得天昏地暗，日月无光。

阿里已经稳住了自己，勒马观望，站在周边，用回语督阵：

"不要让他接近公主！阿木沙！喀汗！你们包抄他！把他

抓起来！留住活口！"两个武士便挥舞着大刀，杀了过去。

刺啦一声，蒙丹衣袖被划破，手臂上留下一道血痕，武器脱手飞去。

含香惊呼出声。

另一个武士立即持铁锤钩住马腿，马仰首长嘶，蒙丹落马。

含香又是一声惊呼。

只见蒙丹从地上一跃而起，抢下一把长剑，力战众武士。又是刺啦一声，他的衣服再度被划破，血染衣襟。

含香面色惨白，用手捂住嘴，阻止自己的惊叫。

蒙丹负伤，却仍然奋力死战，拼命要奔回到含香的马车前。一连几个猛力冲刺之后，竟然逼近了马车，喀汗奋力掷出一把长矛，蒙丹听声回头，闪避不及，那把长矛直射向蒙丹的肩头，几乎把蒙丹钉在马车上。含香吓得失声尖叫。蒙丹已经握住矛柄，用力一拔，鲜血激射而出。阿木沙适时奔过来，嘴里大喊着，手持大刀，对蒙丹当头劈下。

含香惊慌失措，魂飞魄散，脱口大叫：

"爹……让他走！不要伤他！爹……"

蒙丹双眸炯炯，瞪向阿木沙。

阿木沙顿时有所觉，明白了，立即硬生生地把刀抽回。

阿里也明白了，睁大眼睛看着蒙丹。

含香对蒙丹大喊：

"你还不快走？快走！你就当我死了！"

蒙丹浑身浴血，眼光如电，死死地盯着含香，两人的眼光，直透对方的灵魂。含香心已碎，魂已飞。

阿里回过神来，喊道：

"捉住他！捉活的！捉活的！"

含香双手合在胸前，两眼含泪，对蒙丹行了一个回族的大礼。哀恳之情，溢于言表。蒙丹接触到她这样的眼光，心碎神伤。见四周武士，层层包围，知道不能得手，便狂啸一声，跃上一匹马的马背，横冲直撞，杀出重围，狂奔而去。其他白衣人跟着杀出重围，追随而去。

众武士立刻策马紧追。

阿里看着蒙丹的背影，已经心知肚明，不禁一脸肃然，大喊：

"不要去追了！让他去吧！让他走！"

众武士策马奔回。

含香紧紧地看着蒙丹的背影，整个心和灵魂，似乎都跟着蒙丹去了。

半晌，阿里才振作了一下，喊道：

"继续出发！走！"

音乐响起，歌声再起，大队又浩浩荡荡动起来。

小燕子、紫薇、永琪和尔康，并不知道乾隆二十五年，是他们几个最艰辛的一年。命中注定，他们要在这一年里，面对许多风风雨雨。他们更不知道，郊外，有个回族的奇女子，正在一步一步地走近他们，将影响到他们的整个生命。如果说，这年年初，有什么事情让他们担心的，那就是太后即将从五台山回宫了。还没见过太后的紫薇，对这位德高望重的老太后，实在有些害怕。但是，小燕子是天不怕地不怕的。她才不要为一个老太太伤脑筋，她的心思，全部系在"会宾楼"。

"会宾楼"是柳青柳红的酒楼，楼下是餐厅，楼上是客房。已经选了日子，元宵节之后就要开张。

这天，小燕子、紫薇、尔康、永琪带着小邓子、小卓子全部在布置会宾楼。

会宾楼还是空荡荡的，大厅内架着好多架子，小燕子爬在一个架子上，抬着头在漆屋顶。蓦然间，她一手提着一桶白色油漆，一手拿着油漆刷子，像表演特技似的，从高高的架子上一跃而下。她轻飘飘地落地，欢声喊着：

"整个屋顶，我已经漆好了！你们看，漆得怎么样？"

紫薇、尔康、金琐、永琪、柳青、柳红带着小卓子、小邓子正在忙碌地工作，有人在漆墙壁，有人在钉镜框，有人在裱画，有人在写对联，有人在排桌椅……听到小燕子的声音，大家都抬头观望。

"左上角缺了一块！那边！"永琪喊。

"哪儿？哪儿？"小燕子抬头一看，又飞身跃上架子。

"你小心一点！别摔下来了！"紫薇看得心惊胆战。

"我现在的轻功已经到了'神仙画画'的地步，怎么可能摔下来呢？"

地面上铺着两张纸，尔康和永琪正在写对联，听了不禁相视一笑。

"什么'神仙画画'？是'出神入化'！"尔康说着，忍不住问永琪，"你不是在教她成语吗？"

"唉！不教还好，越教越糟！她那个牵强附会的本领，真让我不能不服！"

"管他什么画，我来画壁画！"小燕子喊着，拿着刷子，在架子上蹿过来又蹿过去，手舞足蹈地刷着，姿态卖弄夸张，跳得整个架子咯吱咯吱响。

柳青好兴奋，嚷着：

"哎！咱们这个会宾楼，真是三生有幸，请到你们这样高贵的人来给我们装潢！简直不得了！"

"好可惜！尔泰和塞娅到了西藏，没办法来参加我们这样的盛会！"尔康惋惜着。

"还说呢？差一点就该你去西藏了！"小燕子喊。

"哈！差一点是另外一个人去西藏啊！"紫薇笑着接话。

"你说永琪吗？说不定他很想去西藏呢！"小燕子从架子上回头喊。

"是啊！是啊！听说塞娅还有一个妹妹呢！"永琪也喊回去。

尔康哈哈大笑，看着永琪：

"现在你说得顺口，当心有人'化力气为蜜蜂'！你一头包的时候别来找我们求救！"

尔康这样一说，大家都大笑起来。柳红问尔康：

"尔泰都结婚去西藏了，怎么皇上还不让你们两对完婚呀？"

"就是嘛！皇阿玛一点都不体贴人，说是还要多留她们两年，真是'皇帝不急，急死公主'！"永琪抢着回答。

"你说什么？"小燕子抬高声音问，忘了自己在架子上，一跺脚，架上的大刷子小刷子纷纷往下掉，"永琪！当心我修理你！谁说公主急？我们才不急！"

"好好！你们不急，是我们急，行了吗？你别跺脚了！"永琪急忙喊。

小燕子笑了笑，不想追究永琪了，一面继续漆油漆，一面回头说道："本来我要封一个王给柳青做，柳青这个人，什么'王'都看不上，只肯开个酒楼！"说着，就嘻嘻一笑："不过，我'封王'的权力，也还差那么一点点！"

柳青和金琐，正在合力钉镜框。柳青笑着说：

"能够开个酒楼，我就好高兴了！以后，这儿就是你们大家在宫外的家，几间客房，我会帮你们保留着，说不定你们哪天会用得着！"

"还可以把小豆子、宝丫头他们接过来住！"金琐兴冲冲地说，看着紫薇，"小姐，现在我们大家应该没有问题了吧？就算被抓到在会宾楼聚会，也不会被砍头了吧？"

"我们的'头'，大概是不会丢了，但是，常常出宫，还是不好！"紫薇说。

"就是就是！尤其，太后就要回来了！大家还是小心一点比较好！"尔康接话。

一提到"太后"，永琪就忽然想到什么，忍不住去看尔康，低声问："晴儿会一起回来，你有没有……"对紫薇瞄了一眼："对她备案一下？"

尔康一怔，立刻皱皱眉头，问：

"晴儿回来关我什么事？"

"你说没事就没事，我可警告过你啊！"永琪挑挑眉毛。

"君子坦荡荡，我没什么好担心的！"尔康有些不安。

"喂！你们两个在说什么悄悄话？"紫薇问。

"没有！没有！在研究这个对联！"尔康慌忙掩饰。

小燕子刷完了屋顶，飞身下地。

"屋顶大功告成！我再来漆这个栏杆！是不是漆红颜色？"

小燕子跑到油漆桶前，拿了一桶红油漆，又飞身上架子，去漆"走马转阁楼"样式的栏杆，嘴里轻松地哼着"今日天气好晴朗"。

"怎样，大家看看，这副对联如何？"尔康写好了对联。

大家围过去看尔康的对联。只见上面写着"旗展春风，天上一星常耀彩。杯邀明月，人间万斛尽消愁"。

"好！写得好！既有气势，又有诗意！"柳青说。

众人都赞美着，小燕子从架子上低头来看。

"哇！这是什么对联嘛？天上有星有明月，谁说的？万一阴天呢？而且，抬头是屋顶，看不到星星明月的，这太不写实了！至于那个万斛，是什么意思？"

"你下来吧！我看你又要说话，又要油漆，又在那么高的架子上跳来跳去，实在危险，你下来，我解释给你听！"紫薇喊着。

"好！说下来，就下来，小燕子来也！"

小燕子说着，就提着油漆桶，很卖弄地"飞了下来"，这次，飞得太过分了，油漆桶一歪，红色油漆就像雨点般洒下。

众人尖叫着，纷纷逃开，但是，个个身上都溅了油漆。对联也报销了。

小燕子一看不妙，把油漆桶往上一拉，谁知，本来她自己还干净，这样一拉，油漆竟然甩了她一头一身。她一急，把油漆桶一抛，整桶油漆就对着小邓子飞去。

"哎呀！我的妈呀！格格大人喂……"

小邓子一面尖叫，一面抱头鼠窜，竟和小卓子撞了一个满怀，两人踩到油漆，一滑，又撞到金琐，三人全部滚倒在油漆堆里，小卓子哼哼唉唉地爬起来，呻吟着：

"哎哟哎哟，这下都变成了五彩大花猫了！"

小燕子大惊，瞪大眼睛说道：

"真是'有福同享，有难同当'！有'油漆'也'同脏'！"

柳青连忙扶起金琐。金琐跺着脚喊：

"小燕子，你这哪是漆房子，简直是漆我们！"

"唉！真是越帮越忙！"柳青叹气。

大家喊的喊，骂的骂，擦的擦……一团狼狈。

就在这时，小顺子气急败坏地冲了进来，喊道：

"两位格格，不好了！太后提前回宫，现在已经快到宫门了！高公公说，要你们和五阿哥、尔康少爷全体都去太和殿前接驾！"

大家全部傻了，瞪大眼睛喊了一句：

"啊？"

小燕子满头的油漆，紫薇脸上身上都有油漆，尔康和永琪也是一身油漆，大家面面相觑，都吓住了。

"天啊，大家快回去换衣服，弄干净吧！这一下真是十万火急！小卓子！小邓子！小顺子！赶快把马车驾来！"永琪大喊。

小卓子、小邓子、小顺子连忙应着：

"喳！"

尔康拉着紫薇，紫薇拉着金琐，永琪拉着小燕子，大家再也顾不得会宾楼，全部跑出门去，匆匆地上了马车。小邓子、小卓子、小顺子驾着马车疾驰。

车内，金琐把握时间，拿着帕子，拼命给紫薇和小燕子擦拭脸孔。

尔康努力维持着镇静，对紫薇和小燕子急急地交代：

"等会儿，我们从后面的神武门进去，你们两个直奔漱芳斋。金琐，你要用最快速度，让两位格格换好衣服，弄干净！我想，现在，宫门那儿，已经跪了一地的人！你们两个弄整齐了，就悄悄地溜过去，要轻悄得像小猫一样，一点声音都不要出。跪在格格和娘娘们的中间，越不起眼越好！反正，以后有的是机会见太后，现在这样匆忙，万一衣冠不整，给太后抓到就不好了，知道吗？"

永琪匆匆接口：

"我们两个，会跪在阿哥中间，你们千万不要东张西望地找我们，只管自己就好。老佛爷对格格们的要求很高，最不喜欢格格们举止轻浮。所以，你们一定一定要注意！如果你们实在来不及，宁可不要去了！让小邓子、小卓子给你们报信……"

小燕子苦着脸喊：

"这个太后，在五台山吃斋念佛就好了，怎么说回来就回来？我看，我们还是不要去算了！"

"那怎么成？高公公已经指名要我们大家都去！谁都逃不掉了，五阿哥，你别乱出主意，等会儿弄巧成拙！"尔康急喊，一面猛拍着车顶，"快！快！快！"

马车如飞地赶往皇宫去。

如果紫薇和小燕子知道赶往太和殿之后的情形，或者，她们应该采取永琪的建议，不要去接驾还比较好。问题是，没有人能够预知未来。

紫薇和小燕子赶回漱芳斋，经过换装、洗脸、梳旗头、戴簪环首饰这种种工作，时间已经如飞地过去。金琐、明月、彩霞忙忙碌碌地给两人洗脸，施脂粉，戴旗头，戴首饰，戴珊瑚珠串，戴镂金孔雀牡丹花……就弄不明白，怎么一个"格格"，要戴这么多的东西？少了任何一件，都可能被冠上"服装不整"的罪名。

"怎么办？怎么办？这个油漆，根本洗不掉！"金琐好着急。

"用松香油试试看！"明月拿了一瓶松香油过来。

"可是，这个松香油好强的味道，人家格格都香喷喷的，咱们的格格满身松香味，太后闻到，不是会好奇怪吗？"彩霞问。

"顾不得这么多了，总比满脸的油漆好！"金琐忙忙碌碌地擦着。

脸还没擦干净，小邓子、小卓子冲进门来，嚷嚷着："格格，来不及了，快去吧！老佛爷的轿子，已经到了宫门口了！大家都到齐了，全跪在太和殿前面……"两人急得打躬作揖："两位祖宗，走吧！带点油漆也没关系，总比不去好！"

小燕子不由分说，回头一把抓住紫薇，就冲出门去。

"我们用跑的！我拉着你，你尽量快跑就好！"

紫薇回头一看，惊叫出声：

"小燕子！你的旗头还没戴好！是歪的，快掉下来了！"

小燕子用手压着旗头，另一手拉着紫薇，脚不沾尘地往前奔去。

当小燕子和紫薇还在御花园里狂奔的时候，太后的队伍已经进了午门。

宫门大开，壮大的队伍，缓缓行来。只见华盖如云，侍卫重重保护，宫女、太监前呼后拥，太后的凤辇在鱼贯的队伍下，威风地前进。后面跟着一乘金碧辉煌的小轿。前面，一个老太监，一路朗声通报：

"太后娘娘驾到！太后娘娘驾到！太后娘娘驾到……"

乾隆早已带着皇后、令妃、众妃嫔、阿哥、格格、亲王贵族们迎接于大殿前。整个太和殿前，黑压压地站满了王子皇孙、朝廷贵妇。

太后的大轿子停下，后面的小轿子也停了下来。

早有桂嬷嬷、容嬷嬷和宫女们上前搀扶太后下轿。

更有一群宫女们上前，掀开小轿子的门帘，扶出一个千娇百媚的姑娘。这个姑娘才十八九岁，长得明眸皓齿，眉清目秀。她是太后面前的小红人，从小跟着太后长大，名叫晴儿，是愉亲王的女儿，宫里，大家喊她晴格格。

皇后、妃嫔、阿哥们、格格们……看到太后下轿，就全部跪倒，伏地磕头请安，齐声喊着：

"恭请老佛爷圣安！老佛爷千岁千岁千千岁！"

晴儿也跟着众人下跪请安。然后，就起立，盈盈然地走上前去，搀扶着太后。永琪和尔康在阿哥和亲王的后面。两人也是刚刚赶到，呼吸还没调匀，不住地悄悄回头张望，看看紫薇和小燕子来了没有。

乾隆迎上前去，恭恭敬敬地说道：

"皇额娘，儿子没有出城去迎接，实在不孝极了！"

"皇帝说哪儿话，你国事够忙的了，我有这么多人侍候着，还用你亲自迎接吗？何况有晴儿在身边呢！"太后雍容华贵，不疾不徐地说着。

"这次皇额娘去持斋，去了这么久，实在辛苦了！"乾隆说。

"我去为皇帝祈福，为咱们大清祈福，没什么辛苦！"太后应着。

晴儿便向乾隆屈膝行礼。

"晴儿给皇上请安！皇上吉祥！"

乾隆看着晴儿，大半年没见，这个孩子出落得像出水芙蓉，高雅脱俗。乾隆在赞叹之余，不能不佩服太后的调教功夫。乾隆一笑，对晴儿说道：

"好晴儿，幸亏有你陪着老佛爷，让朕安心不少！朕应该好好地谢谢你才对！"

"皇上这么说，晴儿受宠若惊了！能够随侍老佛爷，是晴儿的福气啊！"

太后就扶着乾隆的手，走到皇后和众妃嫔面前。晴儿跟在后面。

"大家都起来吧！"太后说道。

皇后带着众多的嫔妃，齐声谢恩起立：

"谢老佛爷！"

太后就仔细地看看皇后，关心地说：

"皇后好像清瘦了不少，身子还好吧！"

"谢老佛爷关心，很好！很好！"皇后急忙回答，受宠若惊。

太后再看向令妃，眼光在令妃那隆起的腹部轻轻一瞄，心里好生欢喜。

"令妃有了好消息，怎么没人通知我？"太后微笑地问。

令妃含羞带怯，却难掩喜悦之情，慌忙屈了屈膝，答道：

"回老佛爷，不敢惊扰老佛爷清修。"

"有喜事，怎么算是'惊扰'呢！"

皇后酸溜溜地看了令妃一眼。

太后没忽略皇后这个眼神，就把手腕伸给皇后，这个小小的动作，已经使皇后精神大振，慌忙和乾隆一边一个，搀扶着太后。在众人簇拥之下，一行人走进宫门去。晴儿紧跟在后，经过尔康、永琪身边时，晴儿有意无意地看了尔康一眼。尔康一凛，慌忙收敛心神。

所有的阿哥、格格和亲王们，还跪在那儿，动也不敢动。

就在这个时候，小燕子拉着紫薇，跌跌冲冲地跑来，在众目睽睽下，两人一前一后，狼狈而仓促地跪落在地。这一跪之下，两人没有戴牢的簪环首饰就叮叮当当地滚到地上，珠串珊瑚，散落一地。所有的人，全部被惊动了。永琪和尔康不禁变色。

太后大惊，定睛细看。晴儿也惊愕地看着。

乾隆吓了一跳，实在没有料到紫薇和小燕子这样出现，只得解释："皇额娘，这两个丫头，就是新进宫的还珠格格、明珠格格！"就对二人严肃地说："还不向老佛爷行礼？"

紫薇磕下头去，小燕子跟着磕头。孰料，小燕子的头才磕下，那歪歪斜斜、还没戴牢的牡丹花旗头就滚落于地，小燕子急忙爬过去捡旗头，手忙脚乱。

紫薇跑得气喘吁吁，又紧张，又慌乱，嘴里结结巴巴地说着：

"紫薇叩见……老佛爷！老佛爷……吉……吉……吉祥！"

小燕子忙抬起头，根本来不及说话。

太后太吃惊了，睁大眼睛看紫薇和小燕子。

"原来，这就是那两个'民间格格'？"

皇后这下可逮到机会了，好得意，急忙应着：

"老佛爷大概已经听说了，您离开的这段时间里，宫里最轰动的事，就是这两个'有名的''民间格格'了！"

太后听了，再定睛细看，见两个衣冠不整，脸上不知道涂了些什么，红红绿绿。再加上神色仓皇、行为突兀，不禁眉头一皱。什么话都不再说，扶着乾隆和皇后，昂首阔步而去。晴儿及大批嫔妃、宫女、太监急忙随行。令妃忍不住给了紫薇一个警告的眼光。

太后走远了，王子皇孙们这才纷纷起立。大家好奇而不以为然地看看紫薇和小燕子，摇头的摇头，耸肩的耸肩，各自散去了。

小燕子呼出一大口气，惊魂未定，坐在地上发呆。紫薇慌忙拉起她。

尔康和永琪跑了过来，两人都是一脸的惊惶。尔康着急地说：

"已经千叮咛，万嘱咐，你们两个怎么还是这样慌慌张张？要你们不要引人注意，你们偏偏出现得惊天动地，这一下，你们给太后的印象，一定深刻极了！"

紫薇又是忧虑，又是害怕，又是后悔：

"怎么办？我们是不是弄得糟糕透了？现在，要怎样才能扭转太后的印象呢？"

永琪跌脚，叹气：

"我就说，干脆不出现还好一点！这么多人跪在这儿，像小蚂蚁一样，老佛爷又不会一个个去找……唉！"

小燕子看到他们三个都紧张得什么似的，心一横，背脊一挺，嚷着：

"有什么了不起嘛？不要这样大难临头的样子好不好？不过是个老太太嘛！还能把我吃了吗？"

永琪和尔康看着，不约而同地对她猛点头，小燕子和紫薇双双变色了。

回到漱芳斋，尔康和永琪就忍不住对小燕子"晓以大义"，告诉她，不可轻视这位"太后"的身份和地位，几句话一说，小燕子就不耐烦了，满脸烦恼地说道：

"好了好了，你们不要一直教训我了！我也很想给太后一个好印象呀！谁知道会这样离谱嘛！你们不说，我也知道这个太后很厉害。可是，你们说连皇阿玛都怕她，我就不相信！皇阿玛是天下最大的人，是天不怕地不怕的！"

"你最好相信我们的话，绝对不是唬你！"尔康走到她面前，严肃地盯着她，"不要再毛毛躁躁了，仔细听我说好不好？刚刚这一场见面，太后一定对你们充满了好奇。等到她弄清楚你们的底细，就会召见你们！今天不召见，明天也会召见！"

"对对对！你们心里一定要有个准备！"永琪接着说，"小燕子，尤其是你！见了太后，你不要像见了皇上那样随便，要把容嬷嬷教你的那些规矩都拿出来，该行礼的时候不要忘了行礼，不该说话的时候不要乱开口，否则，你又有麻烦了！"

"要不然，你就看紫薇的眼色，所有礼节，跟紫薇学就对了！"尔康说。

紫薇心慌意乱：

"别跟我学了，我自己也很紧张啊！闹了这么一场笑话，我已经懊恼得要死了，再见到太后，说不定吓得什么都做错！"

"你不可以什么都做错！一定要镇静，想想当初，你第一次见到皇上，也没有失态啊！"尔康凝视着紫薇。

永琪实在不放心，又对小燕子说：

"我看你最好就是根本不要开口！什么问题都让紫薇帮你回答！"

"那怎么可能？"小燕子急了，"我如果变得跟紫薇一样，我就是紫薇了！连皇阿玛都允许我不学规矩，怎么又来了一个太后？要我把容嬷嬷教的那些规矩拿出来，那我还是趁早离开皇宫，我去会宾楼帮柳青他们端盘子去！"

"又说这种莫名其妙的话！你这一辈子都不可能离开皇宫了！"永琪嚷着。

小燕子看到尔康和永琪，两人表情都那么严重，想了想，急急点头：

"我知道了！明白了！金琐，快快快，把那个'跪得容易'拿给我！多拿两副来，我和紫薇先武装好了再说！明月，彩霞！去拿去拿……不管怎么样，我看，这下跪磕头的老花样，是一定逃不掉了！"

明月、彩霞就捧了一大堆"跪得容易"出来。

小燕子就忙着绑"跪得容易"。明月、彩霞在一边帮忙。

"我不绑那个东西！"紫薇着急地推开彩霞，对小燕子急道，"你不要忙那个'跪得容易'了，还是听听尔康和五阿哥的话，比较要紧！"

小燕子低着头，忙着绑"跪得容易"，一面喊着：

"我知道了！我知道了！反正，见到太后，我什么都不说，就把自己当哑巴！"

"那也不成！如果太后指明要你回话，你总不能什么都不说！"尔康说。

"对！你要随机应变！太后喜欢行为端庄、规规矩矩的姑娘，你说话慢一点没关系，不要想都不想，就冲口而出。不管说什么，都先在心里琢磨一下，想清楚再说！"永琪跟着叮嘱。

"最好，每句话前面都加一句'回老佛爷'。礼多人不怪，知道吗？"尔康再说。

"奇怪！明明是个老太太，怎么大家都喊她'老佛爷'？她跟'佛'到底有什么关系？不是男人才是'爷'吗？"小燕子心不在焉地问。绑了厚厚的好几副"跪得容易"，站起来又跳又实验的。"不会掉！不会掉……这次绑牢了！"扑通一跪，没掉！"好！这样好……紫薇，来来来，你也绑两副！"

永琪越看越担心。

"你不要故意左跪一次，右跪一次，知道吗？"

"我才不会左跪一次，右跪一次呢！我最不服气的，就是要我下跪！人的膝盖，是用来活动、用来走路的，不是下跪的！就不知道，这皇宫里的人，为什么喜欢别人'跪他'？我不得已的时候才跪！行了吧？这'七十二计'里，有没有'跪为一计'？"

"是'三十六计，走为上计'！"尔康更正着。

"哦？是三十六计呀？我给它另多几计，也没什么错！万一我这'七十二计'行不通，我再用'三十六计'吧！"小燕子说。

"你什么'计'都不许用!"永琪看看她那绑得厚厚的膝盖,不安极了,"我看,把那个'跪得容易'拆下来吧!你膝盖上肿那么两个大包,行动怎么会自然呢?"

小燕子不耐烦了,喊:

"哎呀!你们真啰唆,太后有什么了不起嘛?皇后那么厉害的人,拿我也没辙呀!你们不要太担心了!我是那个什么人什么天的,几次要死不死,现在就死不了了!"

"这也是个毛病!不要说'什么这个,什么那个'。这成语,会说就说,不会说就别说,要知道'藏拙',懂吗?"尔康急忙提醒。

小燕子眼睛一瞪,莫名其妙地嚷:

"什么'藏着'?我这么大一个人怎么'藏着'?藏到哪儿去?上次藏到桌子下面去,还不是给皇后逮到了?"

"天啊!"永琪喊。

"别喊天了!天没塌下来,都被你们叫下来了……"小燕子没好气地说道。正说着,来了一个太监,甩袖跪倒:

"太后娘娘传还珠格格和紫薇格格,立刻去慈宁宫问话!"

尔康、永琪、小燕子、紫薇全部大惊,同声一叫:

"啊?这么快?"

第二章

小燕子和紫薇走进了慈宁宫。

两人抬头一看，只见太后端坐房中，容嬷嬷、桂嬷嬷在她身后捶着背，太监宫女环侍。乾隆坐在一旁的椅子里，皇后、令妃两边站立相陪。一屋子的人，却安静得鸦雀无声。

小燕子和紫薇赶紧对着太后和乾隆跪下。

"紫薇叩见老佛爷，老佛爷吉祥！"紫薇磕下头去，起身，再磕头，"紫薇叩见皇阿玛！皇后娘娘！令妃娘娘！"

小燕子赶紧跟着学，依样画葫芦，来了磕头那一套。

"小燕子叩见老佛爷，老佛爷吉祥！还有皇阿玛，皇后娘娘，令妃娘娘！"

"抬起头来！让我瞧瞧！"太后说，声音里就有那么一股不怒而威的气势。紫薇和小燕子怯怯地抬起头来。

太后的眼光就威严地在两个女孩身上逡巡。

"起来吧！"

两人起身，毕恭毕敬地站着，大气都不敢出。

太后就微笑起来：

"刚刚我听了你们两个的故事，没有想到，我离开这大半年，宫里这么热闹！看样子，我错过很多好戏了。"

紫薇不敢回话，小燕子看到太后面带微笑，就把戒备的心全抛开了，兴奋地说：

"可不是！奶奶你老人家干吗跑去吃斋念佛？把尔泰的婚礼都错过了，把西藏土司的比武也错过了……"

紫薇慌忙拉拉小燕子的衣服。小燕子突然醒悟，急忙改口："我是说……"声音小了下去："回老佛爷，您确实错过很多好戏了！"

乾隆瞪着小燕子，无奈地苦笑了一下，说：

"皇额娘，这个小燕子就是这样，规矩到现在也没学会，朕觉得她天真烂漫，也就随她去了。您最好别跟她计较！"

太后皱皱眉头，看小燕子，问：

"听说你无父无母，你进宫以前，是怎么过日子的？"

"我？"小燕子转头看紫薇，悄悄问，"要不要说实话？"

太后又皱皱眉。

"我在问话，你不要东张西望！"

小燕子一惊，慌忙看太后。

"回……回老佛爷，我有很多方法呀！我卖艺，爬杆，耍大旗……有的时候也要要诈。"

太后根本听不懂：

"你什么什么？卖什么？爬什么？要什么？"

紫薇好着急，又去悄悄地拉小燕子的衣服，小燕子被太后一问，有些心慌，又被紫薇一拉，更加心慌，又不知道说错了什么，就去看令妃，令妃对她直摇头。小燕子正在怔忡间，太后声音再度响起：

"你什么什么？再说一遍！"

小燕子一急，冲口而出："我不什么什么，没有什么什么！"说到这儿，忽然想起尔康的警告，不能说"什么什么"，就赶忙声明："我根本没说'什么什么'呀！"

太后睁大眼睛，听得一个头有两个大。

"啊？什么什么？"

小燕子更急了，也睁大了眼睛问：

"什么'什么什么'？"

这太后和小燕子，就"什么什么"地闹了个没完没了，一屋子的人都听傻了。乾隆和令妃交换了一个啼笑皆非的注视。宫女们拼命憋着气，忍住笑。

紫薇不能不接话了：

"回老佛爷，小燕子词不达意，她是说，她会一点拳脚功夫，进宫以前，靠表演拳脚功夫谋生活，'爬杆''耍大旗'都是表演的名称。"

小燕子急忙接话："是是是！等哪一天，奶奶您……不对，老佛爷您……"觉得又不对，摇头，自言自语："不对，要加'回老佛爷'……回老佛爷您要是喜欢……我表演给您看！"

太后被小燕子弄得糊里糊涂，皱着眉说道：

"你这'天真烂漫',我大概是老了,可有点'招架不住'!"

太后一直皱眉头,小燕子紧张得语无伦次了:"怎么会呢?我爬杆,要大旗都是表演,不需要对打,您……不对,老佛爷您……"急急再改口:"回老佛爷您……您老了也没关系,你只要看,我又不会打到您前面来,不用您接招,没什么'招架不招架'的!奶奶您……"想想不对,更紧张,改口:"老佛爷您……"想想又不对:"回老佛爷您……哎呀!"小燕子老是说错,一急,啪的一声,打了自己一个巴掌:"我好紧张……说什么错什么……"她瞪着太后,冲口而出:"我可不可以喊您奶奶呀?这'老佛爷'三个字实在别扭,我怎么说就怎么不顺!"

乾隆皱眉摇头。令妃咬着嘴唇干着急。皇后好得意。一屋子太监宫女快憋死了。太后被搅得头昏脑涨了。

"你这说的……是什么跟什么呀?"

紫薇不得不硬着头皮给小燕子解围:

"老佛爷!小燕子进宫以前,曾经照料过许多无家可归的老人,那儿有些老太太,她都喊人家'奶奶'。在她心里,最最亲切的称呼就是'奶奶'了!她看着您慈眉善目,和蔼可亲,就忘了您是高高在上的'太后'了。"

"是是是!就是!就是!"小燕子又点头,又咽口水,"我想,这'太后'也是人,跟'佛爷'实在有些不像,想那庙里供的'佛爷',都是石头雕的,泥巴做的……哪像您这样有血有肉,会说会笑呢?"

乾隆赶紧打断小燕子:

"小燕子，你不要'别出心裁，独树一帜'了！大家都叫太后作'老佛爷'，你跟着称呼就对了！"

小燕子一听到乾隆说成语，老毛病就来了，困惑地问：

"什么新菜旧菜，一只两只？"

乾隆叹气。令妃着急。这次，紫薇也爱莫能助了。

太后一脸的不可思议，瞪了小燕子半晌。

"好了，这个还珠格格，我也了解几分了！"就不再看小燕子，看向紫薇，"紫薇，你是受你母亲遗命，进京来找皇阿玛的？"

"是！"紫薇小心翼翼地回答。

"你的母亲要你进京来找皇阿玛，不是太奇怪了吗？她有什么把握，你能进宫？为什么她生前不自己来，要让你一个姑娘家，孤零零地到北京来？我听得糊里糊涂，你是不是可以给我解释一下？"太后盯着紫薇。

紫薇没想到太后第一次见面，就这样直接地，咄咄逼人地提出疑问，一惊，答得有些嗫嚅，有些胆怯：

"回老佛爷，紫薇不……不知道。紫薇猜想，我娘，她不敢来，她等待了太久，大概已经对自己没有信心了。"

"哦？对自己没有信心，对你倒有信心！这也怪了。"太后沉吟地说。

紫薇脸色变白了。

乾隆好着急，忍不住咳了一声，接话说道：

"唉，皇额娘，那些过去的事，现在也不必追究了！"

"是呀！恐怕也追究不出什么所以然来了！"太后眼光就

直视紫薇，把她从头看到脚，"长得倒是干干净净的！"转头看乾隆："听说，已经指婚给尔康了？"

"是！"乾隆应着。

"好不容易才认了格格，怎么这么快就指婚了？"太后问。

皇后好不容易又逮着机会了，接话说道：

"老佛爷有所不知，这紫薇格格，曾经跟着皇上出巡，一路上和那尔康'情投意合'，皇上看他们'两小无猜'，就成全他们了！"

太后一听，心里有气。

"哼！情投意合？两小无猜？"就注视着紫薇，正色说道，"既然进了宫，既然也封了格格，自己要管着自己，你娘那些毛病，可别跟着学！"

太后这话一出口，紫薇如同挨了一棒，脸色立刻变了。她睁大眼睛，呼吸急促，感到屈辱极了。

小燕子听到太后这样说，又看着紫薇的脸色，心里愤愤不平，就拼命吸气，压抑着自己。紫薇忍气吞声，声音颤抖地说了一句：

"紫薇谨遵老佛爷教训。"

太后脸色一正，严肃地说：

"你们两个，来自民间，不要把民间那些不三不四的事情，带到这皇宫里面来！生活小节，行为举止，都要端正，知道吗？"

"紫薇知道了！"紫薇轻声说。

小燕子挺立着，更加生气。呼吸好急促，一脸的不平。

太后没有忽略小燕子的表情，提高了声音问：

"还珠格格好像有点不服气，是吗？"

小燕子咬咬嘴唇，低下头去。

"有什么话，就说！"太后盯着小燕子，命令地喊。

小燕子紧闭嘴，拼命摇头。

"要你说话，摇头是什么意思？"太后更加不满了。

这一下，小燕子再也控制不住自己了，抬起头来，大声地说道：

"说就说！是您要我说的，不是我自己要说的！我不敢不服气，因为您是太后。我知道，太后说的话，比圣旨还圣旨，小老百姓只能遵旨。您认为民间都是一些'不三不四'的事，我还认为宫里才有好多'不七不八'的事呢！"

太后哪里碰到过这样的钉子，顿时大怒，一拍桌子：

"放肆！跪下！"

紫薇和小燕子一吓，双双跪倒。小燕子一跪，感到膝上软绵绵的，不禁暗中得意。嘴里就叽里咕噜地喃喃自语：

"跪就跪，反正已经武装好了！有'棉被而来'，不怕！"

小燕子膝上的"跪得容易"实在太明显了。皇后眼尖，看见了，指着说：

"老佛爷，这个还珠格格有些奇怪，膝盖上不知怎么了？"

太后也觉得小燕子行动怪怪的，就回头喊：

"桂嬷嬷、容嬷嬷，看看她的膝盖怎么了？"

"喳！"桂嬷嬷、容嬷嬷大声答着，就上前去拉小燕子的衣服，小燕子哪里肯让两个嬷嬷碰她，伸手用力一推，桂嬷嬷就摔了出去，"哎哟哎哟"呻吟着。

容嬷嬷慌忙一退，跪地磕头，夸张地说道：

"回老佛爷，奴婢不敢去碰还珠格格，她有武功，会把奴婢打得鼻青脸肿！奴婢以前不知厉害，被她教训过好多次了！"

太后大惊。

"什么？"她惊看小燕子，"你敢动手？两个嬷嬷奉我的命令过来，代表的就是我！你怎敢动手？"

"如果我不动手，我肯定要吃亏！总不能每次只有挨打的份，没有还手的份！好嘛！你们不要研究我的膝盖了！给你们看就是了！"小燕子嚷着，就掀起衣服，露出"跪得容易"，伸手得意地拍拍膝盖，"这个东西叫作'跪得容易'，是我发明的！在这皇宫里，动不动就要下跪，如果不把膝盖保护好，每个人都会变成跛子！"

乾隆、令妃啼笑皆非，急在心里。一屋子宫女、太监，又都憋着笑。

太后看得目瞪口呆。

乾隆想给小燕子解围，大声说道：

"小燕子，你书念不好，花招倒不少！以后不许戴这个东西！下跪是一种礼节，谁说可以保护？你这不是'阳奉阴违'吗？"

小燕子好着急，哀声喊道：

"皇阿玛，您又跟我转文了！什么'羊啊鹰啊'？我又不是'羊'，又不是'鹰'，虽然叫作小燕子，可就是飞不出皇阿玛的手掌心！这个'跪得容易'不能省，因为我总是说错

话！下跪的机会太多，每次闯祸的都是'嘴'，连累的都是
'膝盖'……"

乾隆忍无可忍，大喝：

"你还不住口！"

小燕子一吓，连忙闭紧嘴巴。

太后气得发晕。

"容嬷嬷！桂嬷嬷！给我把她那个'跪得容易'拿下来！
拿来给我看看是什么玩意，再给我好好地教训她！我倒要看
看她，还敢不敢动手？"

"喳！"

两个嬷嬷一脸得意地去抓小燕子。小燕子急喊：

"不许碰我！不许碰我……"

容嬷嬷一脸诡笑，向小燕子逼近：

"现在已经由不得你'许不许'了！"

小燕子眼看两个嬷嬷阴狠狠地走来，豁出去了，抓住紫
薇，跳起身子，往门外冲去，嘴里大嚷：

"紫薇！七十二计，跑为第一！好女不吃眼前亏！要不然
又要糊里糊涂挨打了！"

紫薇被她拖得摔倒在地，挣扎着爬开去，拼命摇头：

"不要这样！小燕子，不行呀！回来呀……"

小燕子顾不得紫薇了，像箭一般，冲出门外去了。

太后一脸的惊愕。

众人全都傻眼了。

小燕子冲出慈宁宫，就没命地往前飞奔，一面还要回

头张望，看看紫薇逃出来没有。这样跑着跑着，就没看到迎面走来的晴儿。晴儿是刚刚去马车上，把太后的衣服首饰收拾好，带着几个宫女，抱着衣服，正要进慈宁宫，没料到小燕子直冲而来，两人都闪避不及，撞了一个满怀，双双跌倒在地。

"哎哟！这是谁？这么火烧眉毛的？"晴儿喊着。

小燕子急忙扶起晴儿。一看，是张生面孔，不认识。

"你是谁？"小燕子问。

"我是晴儿！"

小燕子生怕有人追出来，没时间多问，就急急地说："不管你是'晴儿'还是'雨儿'，你一定是新来的宫女，我没时间跟你多说！你要小心……"指指慈宁宫："那里面有个很难缠的老太太，正在找我麻烦！我逃命要紧！你也最好逃开，免得被我连累，我这个人别的本事没有，连累别人的本事数第一！你快走！快走！"

晴儿睁大眼睛，稀奇地看着小燕子。

正说着，乾隆、皇后、令妃、太后、容嬷嬷、桂嬷嬷和宫女、太监们纷纷跑出门来。紫薇跟在最后面，惊慌失措地看着小燕子。

乾隆真的怒不可遏了，大吼道：

"来人呀！给我把还珠格格抓起来！赛威、赛广！"

就有侍卫大声应着，赛威、赛广也应声而出。

"喳！奴才遵命！"

赛威、赛广就飞身去抓小燕子。

小燕子一看情况不对，拔腿就跑。赛威、赛广紧追在后。

小燕子在假山上面，跳上跳下，到处飞蹿。她一边跑着，膝盖上的"跪得容易"就一边掉落。后面，侍卫成群追着，赛威、赛广跟着跳上跳下，宫女、太监们全部跑出来看热闹，整个御花园里，闹得天翻地覆。

乾隆、皇后、太后等一行人看得目瞪口呆。晴儿也看得津津有味。

小燕子边跑边喊：

"皇阿玛！你说过，我可以不守规矩，可以不要'三跪九叩'，你怎么不守信用？每次你说话都不算话，我们到底要不要相信你？"

太后气得发抖：

"反了！反了！这种野丫头，怎么会变成格格的？"

皇后胜利地看着太后，说道：

"老佛爷，这种场面，还是小场面！您离开的这段时间里，更大的场面，时时刻刻在演出呢！"

这时，永琪、尔康、金琐……也都惊动了，从漱芳斋奔出来。

永琪和尔康一看到这种状况，两人全都傻住了。

"怎么会这样？不是教了半天吗？怎么还会变成这样？"尔康惊问。

小燕子已经跳到一棵树上，高喊着：

"皇阿玛！你也不帮我？你也不救我？太后一回来，你怎么就变了一个人？"

永琪忍不住大叫了：

"小燕子！你不要胡闹了！赶快下来！"

赛威、赛广也飞身而上，去抓小燕子。小燕子不愿被抓，又飞身而下。赛威、赛广跟着飞身而下，紧追不舍。小燕子就和两人打了起来。赛威、赛广哪里敢真正和格格交手，有所顾忌，不能伤到格格，闪避的时候多，还手的时候少。三人在御花园里，就演出了一场闹剧，忽上忽下，忽追忽打。

太后见所未见，实在看不下去，对乾隆厉声说道：

"皇帝！这成何体统？"

乾隆不能不管了，大喊：

"赛威！赛广！不要跟她客气了，把她捉过来！"

永琪生怕小燕子吃亏，急忙喊：

"皇阿玛！我和尔康去捉她！"

永琪就和尔康飞蹿过去，抓住了小燕子。永琪在小燕子耳边，低声警告：

"太后面前，连皇阿玛都要忌惮三分，保护不了你，你不要再闹了！"

小燕子还要挣扎，尔康也低声警告：

"快过去！不要弄得不能转圜，那就严重了！"

两人把小燕子拉到乾隆等人面前，三个人全部跪落在地。永琪磕头说道：

"老佛爷！皇阿玛！小燕子来认错请罪了，请开恩！"

紫薇急忙走过来，也一齐跪下。

太后看着小燕子和紫薇，不敢相信地说：

"这样的两个格格，真是匪夷所思，让我大开眼界！"

紫薇磕下头去，含泪说道：

"老佛爷！紫薇代小燕子向您认错！请您不要再追究了！小燕子和我，进宫不久，对于宫里的规矩，难免生疏。不是有意冲撞，请您网开一面，紫薇给您谢恩了！"

乾隆见紫薇楚楚可怜，心里好生不忍，对太后婉转说道："皇额娘别生气了！这两个丫头确实该打，但是，看在她们才入宫不久，规矩都还没有闹清楚，就让她们好好去反省吧！"又低头看紫薇和小燕子，大声说："你们两个，还不磕头认错，回去学规矩！"

紫薇忍着泪，磕下头去。

"紫薇知错了！紫薇给老佛爷磕头了！"

尔康和永琪，拼命拉小燕子的衣服，示意她认错。

小燕子却怒气冲冲地挺直背脊，就是不肯磕头认错。

太后气坏了，指着小燕子：

"我不管你这个'格格'有多少人在撑腰，我今天非处罚你不可！来人呀！给我把'还珠格格'拉到慈宁宫，我要亲自管教这个丫头！"

这一下，永琪、紫薇、尔康全部磕下头去，恳求地喊着：

"老佛爷请息怒！高抬贵手啊！"

情况眼看不可收拾，晴儿笑嘻嘻地走了过来，把太后的胳臂一挽，清脆地说：

"老佛爷！您才回宫，就闹了个人仰马翻！您累不累呀？我看这个还珠格格挺好玩的，在这假山上面跳上跳下，引得大家看热闹，宫里几时这么好玩过？老佛爷，您就当这是还珠格格别出心裁，在想法儿迎接您，逗您开心，好好地笑一笑不好吗？难道还真跟她生气不成？您也知道，只要您老人家一生气，整个皇宫上上下下，就没有一个人能够心安，大家都会跟着难过，您何必呢？"

晴儿叽叽喳喳，说得轻松愉快，小燕子和紫薇看着听着，傻了。尔康、永琪也看着她，都有意外的惊喜。

太后一怔，抬眼看晴儿，脸色立刻柔和起来。

"哦？晴儿的意思，不要追究了？"太后问。

"老佛爷，当然不要追究了。"晴儿应着，"瞧，把人家两位格格，吓成这个样子，人家到底是新来的，对您了解不深，不知道您是为了她们好，还以为您不慈祥呢！您那份慈悲心，那份菩萨心肠，她们说不定就误会了！那，您不是得不偿失吗？"

太后看了晴儿一会儿，竟然笑了：

"算了！算了！晴儿说了一大车话，就是在帮你们两个说情！看在晴儿面子上，我只好饶了你们了！好了！别跪在这儿了，都去吧！"

大家好惊讶。没料到一场风波，就这样轻易解决，都呆呆地看着晴儿和太后。

乾隆赶快见风使舵，故意大声喝道：

"还不赶快谢恩，回去闭门思过！"

紫薇、永琪、尔康都连忙磕头，齐声说道：

"谢老佛爷恩典！谢皇阿玛恩典！"

只有小燕子，依旧直挺挺地跪着，不肯磕头。

太后不再看他们，扶着晴儿的手，转身去了。乾隆和众人急忙跟随而去。

晴儿临行，对尔康投来深深的一个注视。

尔康怔忡着。太后回眼一看，再看看晴儿，心里若有所悟了。

小燕子一回到漱芳斋，就纳闷地喊：

"这个晴儿，到底是个什么来头？小小一个宫女，怎么在太后面前那么吃得开？太奇怪了！"

"她不是宫女，她是一个格格！"永琪接话，看了尔康一眼。

"她也是皇阿玛的女儿吗？"紫薇一惊。

"她不是，她是愉亲王的女儿！"尔康回答，看着紫薇，解释着，"愉亲王在十年前战死在沙场，福晋跟着殉情而死。晴儿是愉亲王唯一的孩子，太后看她可怜，就带回宫里，一直养在身边。"

"原来如此！搞了半天，她是太后的亲信！"小燕子明白了。

"不错！不只是亲信，也是亲人，老佛爷几乎离不开她，喜欢她就像皇阿玛喜欢你一样！没什么道理，就是打心眼里喜欢！"永琪说。

小燕子一跺脚：

"算了！皇阿玛哪有喜欢我？太后欺负我们，他也不帮咱们，我气都气死了！你还说他喜欢我！"一边说，一边气得满屋子转圈子。

"你不要怪皇阿玛了，他一直在护着我们，如果不是皇阿玛，我们又要挨耳光了！"紫薇脸色凄然地说。

"她们对打耳光那么有兴趣啊？"小燕子更气，嚷着，"那个太后也喜欢打人耳光啊？一个容嬷嬷还不够，又来一个桂嬷嬷，这些嬷嬷有病吗？打了我们的耳光，她们可以长生不老，是不是？"

尔康心里梗着一个疑团，着急地问：

"这到底是怎么回事？怎么好好地去问话，会问得鸡飞狗跳？太后为难你们了吗？什么打耳光？太后为什么要打你们的耳光？紫薇！"

紫薇看着尔康，想到太后的话，就气急败坏起来，伸手把他拼命往屋外推去。

"你走！你走！以后不要来我这个漱芳斋，给别人看到，我百口莫辩！"

尔康看到紫薇这样，心里更急，挣脱了紫薇，急促地说："跟我说说清楚，不要把我往外推，到底太后说了什么？"说着，就抓着紫薇的手，拼命对她脸上看去："她怎么欺负你？"

"不是教了半天，怎么说话，怎么下跪，怎么磕头……难道都没用？还是都做错了？"金琐跟着追问。

"反正说什么，错什么！做什么，也错什么！不说什么，也错什么！不做什么，也错什么！她们要在鸡蛋里挑骨头，我们就一路错到底！错错错，就对了！"小燕子喊着回答。

"啊？那要怎么办？"金琐睁大了眼睛。

"那个太后，听不惯我说的话，也就算了，反正我的八字跟这个皇宫不合。她找紫薇的麻烦，就太过分了！"

"她找你什么麻烦？"尔康急问紫薇。

"不要说了！"紫薇哀求地，"你们两个，离开这个漱芳斋吧！五阿哥，你回你的景阳宫去！尔康，你也去朝房吧，当心皇上要找人！"

"皇上知道我会在这儿！我奉命保护这个漱芳斋的安全！"

"你再'保护'下去，我就'不安全'了！你如果为了我好，就不要来吵我，不要一天到晚来漱芳斋！"紫薇喊。

尔康深深地凝视她。

"我明白了，皇后又用你们的操守问题，来刁难你们了？太后跟皇后一个鼻孔出气，是不是？我就说，这个婚礼一天不办，我们大家都是夜长梦多，五阿哥，我们真的非跟皇上求情不可，要他赶快选日子，把大事办了！否则，我们两个，都没好日子过！"

"对对对！我明天就去说！"永琪急忙应着。

"你们千万不要去说，皇阿玛已经说过了，不舍得我们结婚太早……你们现在跑去说，太后一定以为我们两个等不及了，急着想嫁人，那我们更是无地自容了！"紫薇拼命摇头。

"你们急什么？慢慢去等吧！"小燕子看着永琪，跟着喊，"我现在一肚子气，我看那个太后很难伺候，和那个皇后一样，跟我有仇！嫁了你要天天看她脸色，我才不要！所以，我不要嫁你！"

"你这是什么话？"永琪大惊，"我们好不容易才挣得今天的局面，你已经没有退路了，注定是我的人了！"

"那可说不定！"小燕子没好气地说。

永琪为之气结。金琐着急地看紫薇，追问：

"小姐，那个太后很厉害吗？她说了什么让你难堪的话吗？"

紫薇点点头。

尔康一阵心痛，往前一迈：

"不行！我不能让你在宫里受委屈，五阿哥不说，我要去说！"

"你敢说！你说了，我这一辈子都不要理你！"紫薇喊着。

紫薇语气坚决，尔康一呆：

"紫薇，你存心要让我担心害怕，是不是？你不想跟我终生相守吗？以前，你的身份不明不白，我担心得要命，现在，你的身份已经真相大白，我还是担心得要命！求求你，我们把这种担心的日子结束吧！"

"皇阿玛对我那么好，我就算有什么委屈，我都愿意咽下去。你那么了解我，就不要让我内忧外患，难道你都不在乎我的自尊吗？"

"就是太在乎了，才这样患得患失啊！"尔康转向永琪，"我们两个，怎么这样苦命啊！眼巴巴等到了指婚，还是这样牵肠挂肚！唉！"

永琪也忍不住长叹一声：

"唉！"

尔康、紫薇、永琪、小燕子他们这两对，并不知道，这次和太后的一场见面，确实撼动了他们的婚姻基础。

那晚，太后把乾隆召到慈宁宫，开门见山地说了她的看法：

"皇帝！这两个丫头，看起来奇奇怪怪，到底什么地方打动了你，让你对她们这么包容呢？"

乾隆诚恳而坦白地回答了：

"关于紫薇，是朕辜负了她的娘，对她有许多歉疚。再加上，那孩子知书达理，温柔娴静，实在是个非常出色的孩子！至于小燕子，她确实很离谱，说话完全不经过大脑，行为也很乖张。可是，就因为她直来直往，常常会说出心里最坦白的话，那些话，是朕完全听不到的！当久了皇帝，听惯了山呼万岁，偶尔听到一两句真心话，会觉得特别珍贵。"

"我懂了，皇帝有颗宽大的心，是我们大清的福气。可是，这样一个完全不懂规矩、来历不明的孩子，你把她许给五阿哥，是不是太欠考虑了？"

乾隆一怔。

"你到现在还没立太子，这永琪，也大有机会！如果永琪有一天承继大位，这小燕子将来就是皇后，你看她这样子，能够当皇后吗？大家对她的出身，会不追究吗？她这么没轻没重，能母仪天下吗？"太后句句话都切入问题核心。

乾隆再一怔，脸色黯淡了。

"立太子的事，言之过早！"

"就算他不会成为太子，他总是一个亲王吧！这个小燕子，能当王妃吗？"

乾隆叹了口气。

"皇额娘说得对！这件事，确实是朕太草率，决定得太鲁莽了！"

"好在，还没成亲，后悔还来得及！"太后静静地说道。

乾隆大惊，立刻抗拒起来：

"这不大好吧！已经指婚了，君无戏言！朕答应皇额娘，一定把小燕子教好，让她能够配上永琪！她今天是太紧张了，有点失常！"

"是吗？我听皇后说，这是她很'正常'的表现，很'经常'的戏码！"

"哼！皇后！"乾隆一怒，拂袖而起。

"皇帝偏爱令妃，也别忽略了皇后才好！毕竟皇后是皇后！"

乾隆被堵得一句话都说不出来，敢怒而不敢言。太后严肃地继续说：

"这个婚事，我们慢慢再研究！至于紫薇的婚事，也要从长计议！"

乾隆又是一惊：

"为什么？"

"皇帝，你忘了晴儿了？"太后直视着乾隆，"她好歹也是愉亲王留下的根苗，是个名正言顺的'格格'！愉亲王全家就留下一个晴儿。她跟在我身边十年，任劳任怨！几年前，你亲口对我说过，要给晴儿找个好婆家，不是尔康，就是尔泰！现在尔泰已经成了西藏驸马，就剩下尔康了！"

乾隆大震，急忙说：

"晴儿的婚事，还有其他王公子弟，就是要永琪也可以！"

"永琪太小，和晴儿年龄不配！我看来看去，尔康文武双全，才华出众，我就喜欢他！"太后盯着乾隆，"为了晴儿，我跟你要了尔康这个人！"

乾隆张口结舌，不知该如何是好了。

第三章

　　自从太后回宫，尔康就开始心神不宁了，心里像是压着一块沉甸甸的大石头，觉得处处不对劲。太后回宫前，他每次去漱芳斋，都是大大方方，不需要避讳。反正皇上一句"保护漱芳斋"给了他正大光明的理由，宫里谁都不敢说什么。可是，自从太后回来，漱芳斋门口，走动的人又多起来了。他再去漱芳斋，不只紫薇神经兮兮，他自己也感到有些惴惴不安，好像四面都有眼睛在悄悄地瞅着他。但是，他却管不住自己。漱芳斋好像一块大磁铁，总是把他吸引过去。

　　再有，让他深深感到隐忧的，是皇后。本来，皇后和紫薇、小燕子已经有一段时间不再战争了。尽管皇后依旧冷冰冰，容嬷嬷依旧阴阴沉沉，可是，大家保持距离，总可以各过各的日子。现在，太后一回来，皇后好像蓦然从睡梦里苏醒了，又重新威风起来，嚣张起来，和紫薇的敌对，再度浮现。

　　还有一件事，让尔康隐隐不安的，就是晴儿。

这天，他往漱芳斋走去。好巧不巧，晴儿带着几个宫女，迎面走来。

两人相遇，就都站住了。

"尔康！你好！回来好多天了，都没时间跟你聊聊！好像……你发生了好多稀奇的事儿！"晴儿盈盈一笑，深深看着他。

"你都听说了？"尔康感激地说，"那天，谢谢你了，幸亏你帮忙解围，要不然，老佛爷恐怕不会那么容易饶了小燕子！"

晴儿笑笑，那对清亮的大眼睛，就澄澈地凝视着他。尔康竟然有点局促。

"没料到，我跟老佛爷去一趟五台山，好像是山中才几日，人间已经几千年，什么都变了！"晴儿笑着说，"尔康，你还好吗？很快乐吗？"

"是！我都好，你呢？"尔康更局促了。

"依然是老样子，生活里没有自我，只有老佛爷！在山里，当然没有什么人能够谈话！回到宫里，听说好多故事，不瞒你说，我有一点失落，有一点伤感，觉得自己不曾参与这些'惊天动地'，好遗憾！那些故事，都是东听一句，西听一句，残缺不全的！什么时候，能听到你说才好！"

"有时间的时候，一定告诉你！"尔康坦白地看她，"这些日子，确实闹得'惊天动地'，我和五阿哥，也找到共度一生的知己，人生的际遇，真的很奇妙……有时候，我不得不相信，姻缘际遇，自有天定！"

晴儿嫣然一笑。

"成事虽然在'天'，谋事依然在'人'，是不是？"

尔康一怔，不知她何所指，一时之间，答不出话来。

就在此时，小燕子奔了过来，后面紧跟着紫薇。紫薇嚷着：

"小燕子！不要去景仁宫了！我们还是守规矩一点比较好！"

"不行不行，我快憋死了！"小燕子喊。

小燕子和紫薇一看到尔康和晴儿，就急忙煞住步子。尔康连忙迎上前去。

"干吗急急忙忙的？"

紫薇看看尔康，看看晴儿，直觉地感到有点怪异，轻声说：

"这就是'晴格格'了！"

晴儿立刻福了一福。

"喊我晴儿就得了！"

小燕子眼睛一亮，眉开眼笑，欢声大叫：

"晴儿！那天撞到你，我还以为你是一个宫女，真没想到，你是一个'货真价实'的格格！在老佛爷面前，你都可以叽里呱啦地讲来讲去，讲得老佛爷一点脾气都没有，你好威风啊！"

晴儿只是笑，眼光不由自主地打量着紫薇。

尔康急忙给两边介绍：

"紫薇，小燕子，你们好好地认识一下晴儿！她是老佛爷面前的红人，以后，你们两个，恐怕很多地方，还要靠她帮着你们呢！"

紫薇就福了下去。

"我是紫薇，请多多关照！"

"不敢当！一路上听'真假格格'的故事，已经是'久闻大名，如雷贯耳'了！如果我算是老佛爷面前的红人，你们两个，大概就是很多人面前的'紫人'了！"晴儿应着，声音清脆悦耳。

紫薇一愣，还没回话，小燕子已经口快地嚷道：

"什么'纸人'？我才不是'纸人'！纸人风一吹就破，我哪有那么脆弱？"

晴儿掩口一笑，就看着三人，点点头说道：

"老佛爷差遣我办事，还没办完呢！不能多谈了！我看，你们大概也有事吧，我不耽搁你们了！我走了，改天再和你们长谈！再见！"

晴儿再看了尔康一眼，翩然而去。

尔康怔忡着。紫薇若有所觉，不安地看看尔康。小燕子却什么都没觉察，立刻抛开了晴儿，兴奋地喊：

"我们去找永琪，好不好？这几天，我们被那个'老佛爷'弄得整天神经兮兮，把会宾楼开张的事都耽搁了！我们的贺礼不是准备了一半吗？我们赶快去准备吧！"

紫薇兀自对着晴儿的背影出神。尔康不知怎的，就觉得"没有做贼，偏偏心虚"，为了掩饰自己那突然涌上的不安，他慌忙大声应着：

"好！我们去找五阿哥，准备会宾楼的大事！"

会宾楼这天开张了。

会宾楼门口，热闹而喧哗，人潮滚滚，大家挤在那儿，看着会宾楼的金字招牌，看着那洞开的大门，看着里面豪华的装潢，也看着一队舞龙舞狮队，敲锣打鼓地舞了过来。那条龙足足有几丈长，狮子在龙头前前后后跳动，喧嚣地走向会宾楼。

柳青、柳红都是一身簇新的衣服，带着宝丫头和会宾楼的伙计，站在门口，东张西望，等待着始终没有露面的紫薇、小燕子、永琪和尔康。

路人们伸头探脑看热闹，议论纷纷：

"好气派的酒楼，今天新开张！"

"听说这个会宾楼，有亲王撑腰，来头大着呢！"

"不是亲王，听说，和那个'还珠格格'有关！"

人群中，有个用白巾缠着头的年轻人，正在聚精会神地听着。他的脸色非常苍白，眼神却非常凌厉，双眸炯炯发光，体格高大。穿着一身很奇怪的衣服，浑身都带着异国情调。这人不是别人，正是蒙丹。他的手下，也是包着头巾，亦步亦趋地紧跟着他。

柳青、柳红没有注意到蒙丹和他的手下，始终没看到尔康他们，两人都有些心神不宁。柳红伸长了脖子往前看，问：

"他们来了没有？怎么一个人都没有看见？"

"我看，他们不会来了！上次匆匆忙忙赶回去，也不知道出事没有。"柳青说。

"吉时已经快到了，咱们是等他们，还是就放鞭炮了？"

正说着，舞龙舞狮队已经舞到门前。柳青诧异地问：

"柳红，你叫了舞龙舞狮队吗？"

"没有呀！"

柳红正在纳闷，有个舞狮队员，拿了一张信笺，递给柳青，柳青低头念信：

"我们出不来，无法前来道喜，特别雇了一队舞龙舞狮队，代表我们大家，恭喜你们开张大吉！"

"原来是这样！他们果然来不了！"柳红好生失望。

舞龙舞狮队已经卖力地表演起来，那条龙也活跃极了，忽而盘绕在一起，忽而飞翔成一条直线，生动好看，与众不同。看得围观群众哄然叫好。那只狮子尤其调皮，时而爬到龙背上去散步，时而又在龙头上跳跃舞动。狮子和龙，滚来滚去，龙头和狮子头彼此呼应，舞得有声有色。这么好看的舞龙舞狮，让柳青、柳红也大开眼界，看得发呆了。

围观群众，看得津津有味，纷纷鼓掌叫好。

那只狮子忽然跳到柳红面前，大舞特舞，动作夸张，像哈巴狗般去舔她的脸，又用爪子不住地去搔爬她的鼻子。柳红起先还笑着闪躲，但，那只狮子越来越没样子，居然人立而起，把她一把就抱了起来。柳红大惊，慌忙跳下地，就有些怒起来，喊着：

"你们做什么？做什么？"

柳青也觉得不对劲了，嚷着：

"喂！远一点！不要贴着人家姑娘跳！"

狮子哪肯听话，更加靠近柳红。蹭来蹭去，搔首弄姿。

那条龙也不安分起来，居然像条大蛇般把柳红卷在中间，龙头不住向柳红逼近。

"你们是怎么回事？谁叫你们来的？要闹场吗？"柳红大叫。

"再闹，我就不客气了！"柳青生气了，捋着袖子，准备动手了。

狮子看到两人已经动怒，就舞到柳红眼前，突然把狮子头拿开，冲着柳红嘻嘻一笑。柳红吓了一大跳，只见狮头下面，赫然是小燕子欢笑的脸庞。

"小燕子！是小燕子！"柳红大喜。

那只大龙也拿开了龙头，露出永琪欢笑的脸。

柳青又惊又喜，简直不敢相信：

"五阿……"才开口，柳青就警觉地咽住了称呼，忙对永琪行礼，"你这个贺礼太大了，我们怎么敢当？"

这时，龙身下面，尔康带着小邓子、小卓子、小桂子、小顺子跳了出来。

尔康就走向柳青柳红，抱拳一揖：

"恭喜恭喜！你们的'会宾楼'今天开张，我们怎么可能不来贺喜呢？"

"是啊！不过，小燕子这个贺喜的点子，可把我们给折腾惨了！"永琪说。

"两位爷是铁打的身子，不怕，咱们几个，才是腰酸背痛，手臂都快舞断了！"小邓子嚷着。

"是呀！是呀！"小卓子、小桂子、小顺子纷纷响应。

柳红这一下，真是喜出望外，拉着小燕子，又叫又跳：

"你每次都是这样，让人想都想不到！猜都猜不到！"又四面找寻，"紫薇和金琐呢？怎么没看见？"

紫薇带着金琐，笑吟吟地从人群后面排众而出。

"这样的盛会，我们怎么会不来呢？小燕子不许我们露面，要我们躲在人堆里！怕我们泄露了他们的天机！"紫薇笑着说。

"还好，没有要我们也去舞那条龙，已经是我们的运气了！"金琐也笑着。

柳红就小声地问紫薇：

"那个太后怎么样？凶不凶？上次满脸油漆回去，有没有怎么样？"

紫薇还没答话，小燕子就抢着开了口：

"还说呢，我们又遇到克星了，那个'老佛爷'可不是省油的灯，我们差一点就都出不来了……"

"嘘……"尔康急忙警告地发出嘘声。

小燕子缩了缩脖子，赶紧闭口。柳青连忙喊：

"放炮了！放炮了！开张大吉！"

鞭炮噼里啪啦响起。小燕子等人，这才跟着柳青、柳红进门去。

会宾楼里，早已坐满了客人，生意兴隆。还好，柳青、柳红已经留了一张大圆桌给大家。大家坐好，只见店小二带着宝丫头，满屋子穿梭着上菜。这个宝丫头才十二岁，是大杂院里的孤儿，会宾楼开张，也跑来帮忙。小燕子看到生意这么好，就坐不住了。

"没想到开张第一天，生意就这么好！我看，宝丫头已经忙不过来了，我来帮你招呼客人！"说着，就跳起身子，冲向宝丫头。

"你别管了，我们请的人手已经够多了！"柳红急忙喊。

小燕子哪里肯不管，抢着接过宝丫头的盘子，问：

"你去招呼别的客人！这是哪一桌的？"

宝丫头指着前面：

"前面第三桌！"

"知道了！"

小燕子端着盘子，就急急忙忙往前走。她还带着舞龙舞狮的兴奋，走得很不安分，故意要耍帅，溜冰似的滑过去。正巧，蒙丹带着四个手下，大踏步走来。小燕子这个"溜冰"，就溜得太过分了，直撞上蒙丹。小燕子闪避不及，盘子里的汤汤水水，全部倒在蒙丹身上。盘子也落地打碎了。

蒙丹一步跳开，已经来不及了。阴郁的脸色，更加蒙上了寒霜：

"你……你没长眼睛吗？怎么回事？"

小燕子闯了祸，好抱歉。笑着，抓了一块抹布，就对蒙丹身上擦去，嘴里嚷着："算你倒霉啦！我第一天当跑堂，经验不够嘛！"

小燕子动作太大，手里的抹布在蒙丹身上乱打，全部打到他的伤口上。蒙丹一痛，不由自主地皱了皱眉，闪身避开，阴鸷地喊：

"别碰我！"

小燕子向人道歉，已经不容易，不料碰了一个大钉子。她怔了怔，顿时火高十八丈，抹布一摔，就吼了起来：

"你这人懂不懂礼貌？我小燕子撞了你，跟你又道歉，又赔笑脸，你骂我不长眼睛，我也忍下去，你还那么凶干什么？你以为你是会宾楼的客人，我就不敢得罪你吗？你神气什么？"

小燕子话没说完，蒙丹双眼一瞪，不怒而威，眼中有一股寒气。

小燕子接触到这样凌厉的眼光，不禁一怔，火气更大。

"你瞪我干什么？"

蒙丹吸了口气，决定不惹麻烦，他忍耐着，收敛了自己：

"算了！算了！算我出门不利！"

"我才不利呢！你干吗走那么快？有火烧到你的尾巴了吗？"

蒙丹忍无可忍了，瞪着小燕子：

"你是恶鬼投胎的是不是？"

柳红看到小燕子跟人冲突起来了，急忙上来打圆场：

"不要吵！不要生气！来来来……天下没有不对的客人。客官，这边坐！"

蒙丹瞪了小燕子一眼，想跟着柳红走。无奈小燕子挡在前面，他身子一闪，想闪开。小燕子被他一怄，哪里肯放他，飞快地一拦。谁知，她拦得快，他闪得更快，竟然闪开了她。

蒙丹这一闪，闪得太漂亮了。小燕子又一怔，顿时起了斗一斗的念头。

"原来是个行家！有功夫是不是？有功夫就把眼睛长在头顶上，看掌！"小燕子说着，一掌就劈向蒙丹。

蒙丹灵活地一接，小燕子被震得连退了两步。

尔康、永琪、紫薇等人一看，不得了，小燕子又惹麻烦了。尔康就喊着：

"小燕子！你怎么回事？别砸了会宾楼，今天还是第一天开张呢！"

小燕子一听，就一个斤斗翻出门外，嘴里大嚷着：

"有种，就出来打！"

蒙丹和四个手下交换了一个眼神，手下忙着对他摇头。他收束心神，不想打架，正要说什么，小燕子一个斤斗又翻回来，胜利地喊：

"你不敢打？是不是认输了？"

"好男不和女斗！我饶你一死！"蒙丹阴沉地说。

小燕子大怒，一脚踢向蒙丹面门。蒙丹闪开。小燕子又飞出门外，边跑边喊：

"什么好男不好男，我看你比女人还女人！"

蒙丹哪里受得了这个气，跟着蹿出门去。

永琪、尔康、紫薇、金琐、柳青全部跳了起来。

"她又犯毛病了！简直没有办法！"永琪喊着，生怕小燕子吃亏，急忙追了出去。大家也跟着追了出去。

到了门外，小燕子已经和蒙丹交上了手。许多还没散的群众，都围着看热闹。

只见小燕子飞上飞下，蹿来蹿去，用尽力气去打蒙丹。蒙丹却只是闪躲，也不回手，小燕子使出浑身解数，连蒙丹的衣角都碰不到。

旁观的永琪、柳青、柳红、尔康看得一脸惊奇。尔康低声问永琪：

"这个人是从哪里来的？看服装打扮，不像满人也不像汉人。武功底子深不可测，小燕子根本不是他的对手。"

"这是一个回人，看头巾就知道了。"柳青说，"最近，不知道怎么回事，北京城里多了好多回人，常常逛来逛去的！"

说话间，小燕子已经娇喘连连，打不过了。

"算了，算了，打不过你，不打了，不打了！"

小燕子往后一退。

蒙丹立刻收手，抱拳致意：

"姑娘，承让了！"

谁知，小燕子有诈，一声大叫：

"什么让不让的！谁会让你！"

小燕子一边叫着，一边抓了一个龙头，对蒙丹砸了过去。再抓起鼓棒、铜锣、旗杆、乐器……反正，手边有什么，抓什么，全部乒乒乓乓地砸向蒙丹。

蒙丹已经掉头要走，毫无防备，几乎被打到，幸好身手灵活，全部闪过。一怒之下，飞跃回来，伸手就抓住了小燕子的衣服，把她高举过头。

永琪一个箭步冲上前，伸手就打，大喊：

"哒！放下她！"

蒙丹甩开小燕子，急忙应战。四个旁观回人，见到永琪出手，嘴里喊着一些听不懂的回语，大叫着也跃进战场。

尔康、柳青、柳红一看，不得了，对方还有四个人！一急，也都飞身而入。于是，一场混战就此开始。

几个回人虽然武功高强，但是，要和尔康他们打，还是差了一截。尔康、永琪、柳青、柳红本来可以打得很漂亮，奈何小燕子总是横冲直撞地陷入险境，大家又要打架，又要保护小燕子，就打得顾此失彼。好几次，小燕子都落进蒙丹手里，再被众人手忙脚乱地救出。

紫薇、金琐看得心惊胆战。紫薇就着急地，不断地喊着：

"小燕子，不要打了！快停止，如果打伤了，怎么回家？根本是误会嘛！大家解释解释就没事了！为什么要打架嘛？"

小邓子急得双手合十，不住地拜天拜地：

"天灵灵，地灵灵，救苦救难观世音菩萨，保佑咱们的主子不要出事，不要受伤，小邓子给您拜拜了！"

小卓子急得团团转，嘴里念念有词：

"我就说不要出来，不能出来。我的好主子，我的好祖宗，别打了，大家的脑袋都跟你有关系呀！"

小桂子和小顺子搓手的搓手，抓头的抓头，大家都急得不得了。

尔康和柳青两人围攻蒙丹一个。蒙丹显然有些不支。柳青趁他不备，一拳打中他的肩头，这一下，正好打在蒙丹的伤口上，蒙丹呻吟一声，肩上沁出血迹。尔康看到他身子摇晃，几个连环踢去踢他的下盘，蒙丹一个躲不开，几乎摔倒。尔康急忙一扶，握住蒙丹的手臂，喊道："壮士，可不可以停手了？"尔康觉得手里是湿的，低头一看，忽然发现抓了一手血迹，大惊："你受伤了？你身上有伤？你带伤打架？太不可思议了！"

尔康惊讶之余，托住蒙丹的身子，用力跃出重围，大喊："不要打了！不要打了！大家停止！停止！"

大家这才纷纷停止，睁大眼睛看过来。但见蒙丹脸色惨白，神情依然自若。肩上、袖子上都是一片殷红。四个回人围过来，用回语叽里呱啦地喊叫。其中一个，就拿出一瓶药，倒了一粒，塞进蒙丹嘴里。小燕子忍不住低喊：

"紫金活血丹！"

蒙丹吃了药丸，就定了定神，对尔康等人一抱拳，说："一点小伤，没有关系！"话没说完，早已支持不住，身子已经摇摇欲坠。

柳青急喊：

"带他进去，我的房间里有金疮药！"

小燕子睁大眼睛瞪着蒙丹。顿时之间，佩服得五体投地了："原来你身上有伤？你有伤，还打得这么漂亮，你简直是个英雄！是个好汉！小燕子服了！"就学着男孩子一拱手。

蒙丹勉强一笑，还想说什么，眼前一黑，就直挺挺地倒了下去。

尔康伸手一抱，托住蒙丹的身子。

"赶快抱进客房里去！"柳红喊。

小燕子等人和蒙丹的认识，就是这样开始的。

那天，在会宾楼的客房里，他们给蒙丹包扎了伤口。当大家发现蒙丹浑身都是伤口的时候，更是惊讶极了。那四个回人，显然只会说回语，问什么都问不出来，只是非常紧张而防范地看着尔康他们处理伤口。

"他们好像有难言之隐，我看，是经过一番血战！"尔康研判地说。

"血战！唔……"小燕子对蒙丹更是佩服，"他一定是个江湖大侠客！"

大家正在研究蒙丹，蒙丹也悠悠醒转。睁眼一看，看到大家围绕着他，大惊，慌忙从床上坐起身来。柳青急忙扶住，说：

"这位壮士，你最好再躺一躺。你的伤口，我们都给你上了药，包扎好了！我这个刀疮药是很灵的。这样包扎着，每天换药，包你十天半月就好了！"

蒙丹挣扎着坐好，对大家一抱拳：

"谢谢各位！有劳费心了！"

"你身上有伤，自己要保重，不能随便和人再打架了！"尔康忍不住叮嘱。

蒙丹苦笑，眼光扫着小燕子：

"有的时候，真是没办法，碰到不讲理的人，硬要打架，怎么办？"

"你说我吗？"小燕子转着眼珠说，"如果我知道你受伤了，我才不会跟你动手呢！我绝对不会'乘人有危险，就去欺负人'！但是，你武功这么好，怎么会受伤呢？"

蒙丹苦笑不语。永琪就问：

"请问壮士，怎么称呼？"

蒙丹有些迟疑，还没说话，小燕子心直口快地问：

"你是'生姜'人，是不是？"

"生姜？"蒙丹一怔。

"是呀！你这样的打扮，柳青说你是'生姜'人。"

"她的意思是，你是'回疆'人？"永琪赶快解释。

蒙丹环视众人，看到一张张热情而率直的脸，终于坦白地说道：

"我姓蒙，单名一个丹字。不瞒各位，我确实是回人。"

"在下福尔康，对于阁下的身手，实在不能不服！咱们不打不相识，交个朋友如何？"尔康说。

"我姓艾，单名一个'琪'字！"永琪说。关于真实身份，当然不能透露。

"我是柳青，那是我妹妹柳红！"柳青介绍。

小燕子一拍胸口：

"我是小燕子，这是紫薇和金琐，我们大家都是一家人，有的是结拜姐妹，有的是生死之交，有的是'山无棱，地无边'的朋友……反正说不清楚，就是那个感情好得不得了的人！你虽然带伤打了一架，又把伤口弄破，流了好多血，可是，你的血没有白流，因为你得到好多好朋友！"

小燕子叽里呱啦，蒙丹听得动容了，点点头，诚恳地说：

"回人蒙丹，感谢各位的好心，如果有可以效力的机会，一定全力以赴!"

小燕子好奇地再问:

"你那个'生姜',不是在很远的地方吗? 你跑到北京来做什么?"

"你怎么能说这么好的汉语?"永琪也追问。

蒙丹眼光灼灼地环视大家。

"我从小就学汉语,说得跟汉人差不多,我在新疆,也是大户人家的子弟……"他欲言又止,"各位,我有个请求……我的身份,是个秘密。如果给人知道了,我会有杀身之祸……我看各位都是很义气的人,请帮我保密!"

"我知道了! 你是从'生姜'逃出来的! 你一定受了什么冤枉,有仇人在追杀你,你一路从'生姜'逃到北京,几次和敌人大战,你的人少,敌人太多,你打得落花流水,还是受伤了!"小燕子有声有色地说道。

蒙丹又苦笑了一下,眼神落寞而凄苦:

"姑娘真是聪明! 差不多就是这样。所以,如果几位不提遇到了我的事,我会非常感激。"

"你相信我! 我们一定不提,可是,你也要答应我一件事!"小燕子说。

"请说!"蒙丹看着小燕子。

"我要拜你做师父!"

"我怎么敢当?"蒙丹一怔。

"你怎么不敢当? 敢当敢当,一定敢当! 反正,我认定了你做师父,如果你做我的师父,你的仇人就包在我身上,我帮你除掉他们！"

"不要说笑话了，我四海为家，在北京不会久留。"蒙丹说。

"既然四海为家，为什么不在北京久留？"小燕子问。

两人正在扯不清，紫薇忍不住着急地提醒大家：

"小燕子，别闹着拜师父了，我们出门好半天了，你又打架，又交朋友，又拜师父……现在，天都快黑了！再不回家，我们就有麻烦了！"

永琪、尔康一震，看看窗外的暮色，全部紧张起来。

"真的！大家快走吧！"尔康喊。

小燕子就对蒙丹一拜：

"小燕子暂时拜别师父，你好好养伤，柳青、柳红会把你当成自家人一样，你的那四个朋友，他们也会招呼的，这儿还有几间客房，你们就住下来，不要客气！咱们中国人，是那个'四面八方，都是兄弟'，所以，你就是大家的兄弟……"

金琐拉着小燕子就走：

"别说了，快走吧！柳青会帮你照顾'师父'的，你就不要——啰唆了！要不然小姐又要跟着你遭殃！"

大家拉着小燕子走。小燕子一步一回头：

"师父！你不许悄悄地走掉……听到没有？我过两天再来看你，你把你的那个仇人的名字告诉我，我帮你报仇……还有你的故事，你一定有一个很精彩的故事，我最喜欢听故事了！"

蒙丹只是苦笑，眼神深邃，看起来莫测高深，而略带苍凉。

尔康带着大家，回到宫里，已经是黄昏时分了。

紫薇走在御花园里，神态就紧张起来了，看看尔康，看看永琪，不安地说：

"尔康，五阿哥，你们不要再送我们了，我们自己回漱芳斋去！"

尔康看着紫薇，不知怎的，心里那层不安又卷上心头，就把她的手一拉：

"紫薇，借一步说话！"

"你干吗？别拉拉扯扯的！当心给人看见！"紫薇惊慌地东张西望。

小燕子大笑，调侃地说：

"你就跟他借一步说说话吧！要不然，我们大家集体回避！"

小燕子一挥手，大家就笑着，一溜烟地通通跑开了。

"你看你嘛！待会儿我又会被小燕子笑！"紫薇羞得跺脚。

尔康就把紫薇一拉，拉到一座假山后面去。

"有话快说！天快黑了！"紫薇好着急。

尔康凝视紫薇，在紫薇那对黑白分明的眸子下，许多心事，都藏不住了。

"紫薇，自从太后回来，我一直心神不定，觉得隐忧重重。有些事，我也不知道该不该跟你说，压在心里好难受。"

紫薇被他严重的样子惊吓了。

"什么事？"

"我想，我们已经这么好了，彼此都不该有秘密。"尔康迟疑地看着紫薇，"又怕你胡思乱想，弄得本来没事，反而变成有事……"

"你快说明！你这样吞吞吐吐的，我更加会胡思乱想了！最近，我就觉得你有心事，你就坦白说吧！"紫薇着急地盯着他，有些害怕起来。

"有关两个人，一个是晴儿，一个是金琐！"尔康冲口而出。

紫薇大大一震。

"晴儿？金琐？"

"是！"尔康深深地看着紫薇，"先说晴儿。晴儿的身份，你已经了解了。但是，有件事你不知道，六格格去世之后，在几年前，皇上曾经想把我指给晴儿，当时，晴儿还小，这只是一个提议，谁也没有认真。不过，这件事总是一个事实……如果别人告诉你，就不太好，所以，我宁愿自己告诉你！"

紫薇心中猛地一抽，眼睛睁大了，定定地看着尔康。

"你为什么从来没说过？"她哑声地问。

"它从来不在我心里构成什么，连皇上也忘了这件事，我何必去说它呢？"

"那么，你现在为什么又要说呢？"紫薇紧紧地看着他。

尔康一怔。

紫薇急了。眼前，立刻浮起那天看到尔康和晴儿谈话的神情，浮起晴儿那张白皙娇美的脸庞，那对若有所诉的眼睛，还有……她那清脆悦耳的声音……

"可见，她在你心里还是有分量的，是不是？"紫薇急问，"你跟她有'过去'吗？一定有，是不是？那天在御花园碰到你们，我就觉得怪怪的，现在，我全明白了！我们交往的这段日子，她离开你很遥远，我离你很近，你忘了她。但是，现在她回来了，那些'过去'，就也跟着回来了！"

"你在说些什么？"尔康大惊，"我就知道不能跟你说！五阿哥一定要我跟你'备案'，一'备案'你就开始编故事！我向你发誓，我跟她什么都没有，老佛爷家教森严，也不允许有任何事……"

"难道你家不是'家教森严'，你和我还不是发生了感情？'家教森严'又有什么用？"紫薇一急，嘴里的话，不经思索就冲出了口。

尔康瞪着紫薇，生气了：

"你这是什么逻辑？怎么可以用我们的故事，去套在别人的身上？你这样硬栽给我一个'过去'，实在太不公平了！你简直辜负我的一片心！辜负我特地告诉你这件事的诚意！"

看到尔康生气了，紫薇更急，立刻后悔了，声音就软下来：

"对……对不起，我……我有一点失常！那个晴儿，那么漂亮，那么会说话，在老佛爷面前，那么有办法……我觉得……我觉得……她是我的威胁，我在她面前，好渺小……我怕……"她吞吞吐吐地说到这儿，眼泪就不争气地滚落下来。

尔康原是要防止任何的流言传到紫薇耳朵里，免得紫薇多心，这才老老实实地把那件根本"没什么"的旧案供出来。不料紫薇的反应这么强烈，又看到她哭了，顿时五脏六腑全部揪成一团，早知道，就该什么都不要说！他一个控制不住，就伸手握紧她的手，拉她入怀，拥着她，一迭连声地喊道：

"是我不好！是我不好！实在不该跟你说这件事！更不该跟你大声，你别哭，我要跟你说的，其实好简单，就是请你信任我，不管有什么风吹草动，我心里只有一个你！真的，永远只有一个你！你不要怕，谁都不会成为你的威胁，谁都不会！"

附近有宫女走动、说话的声音，紫薇一惊，慌忙挣脱尔康，胡乱地擦着眼泪。

"什么都别说了，让我回去吧！给人看见，算什么呢？"

尔康拉着她，急切地看她：

"你信我了吗？信我了吗？"

"不知道该不该信……"紫薇哽咽着。

"什么叫该不该信？我要怎样才能让你信？"尔康急了，一甩头，"这样吧！我现在就去找皇上，让他做主，给咱们立刻完婚！"说完就走。

紫薇急忙拉住他。

"你不要这样子嘛！我信你，信你，信你！好了吧？"她四面看看，"我真的要走了！"突然又想起来，问尔康："你说第二个人是金琐，那是什么意思？"

尔康长长一叹。

"算了，今天不跟你说了！你一下子没有办法接受这么多的事！金琐的问题，改天再谈！"

紫薇满腹狐疑。

"金琐跟你说了什么吗？"

"没有，没有！"尔康连忙回答，"是我的问题，我不能委屈了金琐！"

紫薇一呆，还来不及说话，几个宫女走了过来。紫薇一惊，就想挣脱尔康，尔康在匆忙之中，抱住她，吻了她一下，匆匆地说：

"记住，千言万语，只是一句，你永远是我心中的唯一！"

紫薇好感动，泪汪汪地看了尔康一眼，挣脱了他，跑走了。

紫薇赶回了漱芳斋，发现一屋子的宫女太监都在着急。小燕子已经换了旗装，戴好旗头，正在等她。原来太后赐宴，所有阿哥、格格都去了，只差了她们两个。

"快快快！"金琐一迭连声地喊，"小姐！要换衣服，要梳头，要戴首饰，换旗鞋……我看，是一定会迟到了！我的天啊！"

第四章

同一时间，太后正在慈宁宫不满地等待着。

一桌子人，围坐在一张圆桌子旁。太后居中，坐在上位，乾隆坐在一边，皇后、令妃和其他妃嫔相陪。晴儿坐在皇后另一边，几个小阿哥、小格格坐在下位。永琪是匆忙赶来的，行礼入座。看到紫薇和小燕子的位子空着，两人还不见人影，太后脸色十分难看，他的心就往地底沉去。

容嬷嬷、桂嬷嬷、宫女、太监围绕在后面服侍。一屋子的人，鸦雀无声。

太后等了半天，还没看到紫薇和小燕子，一脸的不可思议，问道：

"小燕子和紫薇到底去了哪里？怎么身为格格，竟然可以私自出宫？令妃，你也太纵容她们了吧？"

"臣妾知罪，是臣妾没有考虑周到。"令妃诚惶诚恐地回答，"她们只是去福伦家，臣妾想，自家亲戚，多多走动一下也好！"

"话不是这么说，不管去哪儿，都不可以！有规矩的格格，绝对不会随便跑出去，你看晴儿，什么时候自己跑出宫去？"太后不以为然地说。

"是是是！臣妾以后，一定严格管教！"令妃不住认错。

乾隆忍不住说话了：

"皇额娘别在意，小燕子和紫薇，曾经得到过朕的特许，只要报备过，就可以出宫走动走动。因为她们两个是民间长大的，朕不愿意用许多宫里的规矩把她们两个给拘束了！"

令妃感激地看了乾隆一眼。皇后不动声色。太后接口了：

"皇帝错了！管格格和管阿哥不一样，就算阿哥也不可以随便出宫，何况格格？万一有个什么差错，谁来负责？永琪，她们是和你一起出去的吗？"

"回老佛爷，是！"永琪硬着头皮回答。

"真的去了福伦家？"太后盯着永琪。

"是！"

"去做什么？"

"回……老佛爷，两位格格不过是去和福晋谈天。尔康和我去郊外骑马了。"

"啊？是这样吗？"太后一点也不相信。

正说着，太监的声音大声响起：

"还珠格格到！紫薇格格到！"

随着这声通报，紫薇和小燕子匆匆忙忙地走进来。两人到了桌前，紫薇急忙匍匐于地，小燕子跟着匍匐于地。紫薇轻声说：

"紫薇叩见老佛爷！跟老佛爷请安认错，不知道老佛爷召见，来晚了！"

小燕子跟着哼哼：

"小燕子也来认错，也是来晚了！"

"哼！你们两个去了哪里？"太后威严地问。

小燕子急忙看永琪，永琪用嘴形说"福家"。

紫薇很害怕，不敢随便说，只是用头碰地，没有抬头。

小燕子没弄清楚，再看永琪，永琪再轻声说"福家"，小燕子听得不明不白，半信半疑，就轻声自语着：

"菩萨？"

太后提高了声音：

"小燕子！你说什么？大声一点！"

小燕子一急，也没时间细想，就大声回答："也没去哪里……"急忙更正，"回老佛爷，是去了'菩萨'！"

"啊？什么？你说什么？"太后睁大眼睛。

小燕子觉得不大对，再看永琪，永琪好着急，再做口型，说"福家"。

"回老佛爷，是去看菩萨！去庙里看菩萨！"小燕子肯定了，坚定地回答。

太后的筷子，啪的一声，往桌上用力一拍。

满座的人都吓了一大跳，全部放下筷子。太后瞪着小燕子：

"满嘴胡言！你们两个，给我到暗房里去跪着，没有我的允许，不许起身！容嬷嬷，桂嬷嬷，拉她们过去！小燕子！如果你再敢冲到门外去，我会打断你的腿！你不相信，你就试试看！"

"喳！"两个嬷嬷大声答着。

乾隆皱紧眉头。令妃满脸焦急。皇后好生得意。永琪大急，爱莫能助，不禁向晴儿投去求救的一瞥。晴儿会意，就不疾不徐地开了口：

"老佛爷，您真要罚她们呀？"

"晴儿不许说情！"太后厉声说，"上次已经听了你的话，原谅她们了，这次再原谅，她们会不知天高地厚，越来越没规矩！谁都不许求情！容嬷嬷！桂嬷嬷！"

晴儿不敢再说话，睁大眼睛看着。

容嬷嬷和桂嬷嬷趾高气扬地走过来，拉了紫薇和小燕子就走。

小燕子想反抗，紫薇对她摇头。小燕子就哀声喊了起来：

"我不要去暗房，暗房是什么地方？我不去不去！"

"居然如此大呼小叫！掌嘴！"太后大怒。

桂嬷嬷劈手给了小燕子一个耳光。

小燕子忍无可忍，跳起身来，就要发难。紫薇飞快地抱住她的腰，两人滚倒在地。紫薇就在小燕子耳边急促地说：

"不要反抗了，听老佛爷发落吧！"

"我不要！我不要！那个暗房，我说什么也不去！"小燕子喊着，从地上爬起身，挣开两个嬷嬷，跑回桌前来，求救地大喊，"皇阿玛！你说过我可以出宫！你说过不苛求我，你说过我和紫薇，可以'没大没小，没上没下'，你都忘了吗？"

乾隆无法再保持缄默，正色说：

"小燕子！我说这些，并不包括可以'撒谎生事，胡说八道'，再加上'蛮横无理，目中无人'！"

永琪看到闹得不可开交，离开饭桌，"扑通"一声，给太后跪下了：

"回老佛爷，两位格格是跟着我出去玩了，都是我闯的祸！我们换了老百姓的衣服，去了大佛寺，又去了戒台寺，看了好多菩萨……老佛爷，您就罚我，饶了两位格格吧！"

太后气得发晕，瞪着永琪：

"永琪，你也太没分寸了！已经是老大不小的年纪了，怎么还是这样糊涂？"

"老佛爷教训得是！永琪知罪了！"

这时，两个嬷嬷又上前，拉着紫薇和小燕子，往房间外面推去。容嬷嬷乘机死命地掐了小燕子一把。小燕子就大喊起来：

"哎哟！容嬷嬷杀人啊！痛死我了！"

小燕子喊完，突然往地上一倒，眼睛翻白，竟然厥过去了。

紫薇大惊，匍匐着爬到小燕子身边，喊着："小燕子！你怎么了？怎么了？"她推着小燕子，见她动也不动，急得不得了："小燕子！你醒醒呀！醒醒呀！"

永琪看到小燕子晕倒，简直是急怒攻心，跳起身子，就对容嬷嬷大喝：

"容嬷嬷！你对她做了什么？是不是又用针刺她了？你的手上有毒吗？你对她下了什么毒手？你说！你说！"

容嬷嬷嘣咚一跪，磕头喊道：

"奴婢什么都没做！冤枉啊！冤枉啊！"

紫薇趴在小燕子身上，吓得魂飞魄散，忽然看到小燕子对她眨了眨眼睛。紫薇一怔，才知道小燕子有诈。

乾隆已经按捺不住，急步走了过来，焦急地问：

"小燕子怎么了？"

紫薇怔着，撒谎做戏这一套，她实在不会。小燕子悄悄地捏了她一下，她看到大家都眼睁睁看着，知道不演戏也不行了。心一横，豁出去了，咬咬牙，决定跟着小燕子的戏走，就哀声说道：

"皇阿玛！小燕子自从中了一箭，就有心痛的毛病，她平时要强，不肯说，总是掩饰着。最近，这毛病就常常发作。受了刺激，就会厥过去！刚刚容嬷嬷不知道对她做了什么手脚，她一痛，病又发了！"

乾隆怒视容嬷嬷，大吼了一声：

"你做了什么？快说！"

容嬷嬷吓得浑身哆嗦，立刻磕头如捣蒜，嘴里没命地喊着：

"万岁爷开恩！奴才什么都没做！什么都没做！万岁爷开恩！"

乾隆正有一肚子的无可奈何，太后管教紫薇和小燕子，他是满心地想袒护，又不能袒护。看到她们两个手足无措，答话答得语无伦次，又着急又心痛。这时，所有的气都出在容嬷嬷身上，就借题发挥，大骂：

"你这个阴险的东西！专门欺负弱小，心胸狭窄，手段狠毒！别忘了，你的人头只是借住在你脖子上，你明知道两个格格，是朕最钟爱的，你也敢下毒手！你不要你的人头了，是不是？"

容嬷嬷真的吓傻了，簌簌发抖。

"奴才知错了！万岁爷开恩！万岁爷开恩……"说着，就自己打自己的耳光，打得噼里啪啦响，"奴才该死！奴才该死！"

紫薇从来没有演过这样的戏，心里好害怕。但是，众目睽睽，已经欲罢不能。就抱着小燕子的头，摇着，喊着：

"小燕子！醒来醒来呀！求求你，快醒来吧！"

乾隆低头看着小燕子，对紫薇吼道："小燕子有病，你怎么不早说？赶快传胡太医进宫！令妃、锦绣、珍珠，快把格格抬回漱芳斋去！"一面吩咐，一面回头对太后急急说："皇额娘！要教训孩子，等到她们的身子好的时候再教训！现在，还是先治病要紧！"

令妃、皇后都跑过来看。令妃蹲下身子，扶着小燕子的头，心痛地说：

"老佛爷开恩吧！这两位格格，身子都弱，到了宫里，吃了好多苦头……"

皇后仔细看着小燕子，一肚子的疑惑，很快地打断了令妃：

"皇上不要着急！这突然厥过去，臣妻有个法子治，一定治得好！"

皇后说着，就飞快地拔下一根发簪，对着小燕子的人中戳了下去。

小燕子可没料到皇后有这样一招，痛得整个人都弹了起来，大叫：

"哎哟！我的妈呀！我的青天大老爷！"

皇后得意地抬头说：

"皇上，您瞧，这不就醒了？"

小燕子瞪了皇后一眼，恨得咬牙切齿。人中上，已经被刺了个血点。

永琪心痛地看着小燕子，不知道她晕倒是真是假，急得不得了。再怒看皇后，恨入骨髓。在太后面前，他又不敢说什么，做什么。

小燕子才没有那样容易认输，她的戏还要演下去。站起身来，身子摇摇晃晃，四面观看，一股茫然失措的样子。看到乾隆，就可怜兮兮地，轻声地，歉然地说道："皇阿玛，我在哪儿呀？怎么这么多人……我又做错什么了？对不起，我总是惹你生气，做什么都错……我……我……"脚下一个踉跄，站不稳，又摔倒在地。

紫薇急忙抱住，痛喊：

"小燕子！小燕子！小燕子……"

乾隆瞪大眼睛，一迭连声喊：

"太医！太医！赶快传太医呀！小路子……赶快抬担架来，先把她送回漱芳斋去！快快快……"

"喳喳喳喳喳……"太监们飞快地应着。

一桌子妃嫔全部傻眼。永琪半信半疑，又惊又怕。晴儿看得津津有味。太后被弄得七荤八素了。

接着，好一阵忙忙乱乱。

小燕子被抬回了漱芳斋，引起了一阵骚动。太医来了，诊视，开药。乾隆一直待在漱芳斋，问东问西，关怀不已。好不容易，太医走了，乾隆也离开了。小燕子躺在床上，眯着眼睛，不住左右偷看。

紫薇弯下腰来，对她展开一个动人的笑：

"好了！不要再装了！只有我们'一家人'了！"

小燕子从床上一跃而起：

"皇阿玛走了吗？太医也走了吗？太医怎么说？有没有泄我的底呀？"

"太医多么圆滑呀，你既然厥过去了，开药总是没错的！所以开了一堆药，讲了好多养生之道，就走了。"紫薇说。

"皇阿玛相信了？"

金琐对小燕子直摇头：

"你可把我们大家吓坏了。是真的！看到你被抬进门来，我还以为你……"

"以为我死了？"小燕子笑嘻嘻地说道。

明月拍着胸口，埋怨着：

"格格，这个不好玩，你是假的厥过去，咱们差点真的厥过去了！"

"是呀！小邓子吓得扑通跪倒，对老天磕了好几个响头。"

彩霞说。

"你们大家对我这么好，我怎么舍得死呢？"小燕子好感动，"我是九头鸟，砍掉一个头，还有八个，死不掉的！"

"你就别再说'砍头'两个字了，听起来好可怕！"金琐说。

"是嘛！是嘛！"明月、彩霞一迭连声地应着。

小燕子想起皇后，恨得咬牙切齿。

"那个皇后真是个王八蛋，上次皇阿玛要把她关到宗人府去，你还帮她求情，就该让她剪光了头发去宗人府当尼姑！现在，太后回来了，她又'跩'得跟二五八万一样！"她揉着人中，"气死我了！"

金琐拿着药膏，帮她擦着人中上的伤口：

"赶快上点药，那个皇后的发簪，搞不好是经过制造的，说不定有毒！"

"对对对！最好用'九毒化瘀膏'擦一擦，以毒攻毒！"彩霞说。

紫薇见危机已过，惊魂甫定，想想，忍不住笑，说：

"你真大胆！又没跟我串通好，说晕倒就晕倒，吓得我魂飞魄散！差点没办法配合你演戏！"

小燕子也笑，指着紫薇：

"你不是配合得挺好！哈！没想到，你撒起谎来，比我还镇静，简直是那个'蓝色变青色，青色变红色'！"

"青出于蓝，而胜于蓝！"

"对对对！青出于蓝，而胜于蓝！我看，你已经得到我的真传了！以后，这个太后只要一找我麻烦，我就晕倒！这一招挺有效！"

"这一招到此为止，以后不可以再用了！"紫薇慌忙警告。

小燕子想想，说："那么，下次换你晕倒，反正你也中过一刀，演起来比我还像！让我在旁边说词，一定说得比你更真更好，说得它天花乱坠，骗死人不偿命……"她越想越有趣："就这样说定了，以后，我在你腰上一掐，你就晕倒……"

正说着，门外有人敲门，小邓子伸头进来，说：

"两位格格，五阿哥和福大爷溜过来看你们了！"

紫薇跳了起来：

"他们真大胆，这么晚也敢过来！给太后抓到，我们又是'行为不检'了！"

两人赶紧迎出去。只见尔康、永琪着急地站在大厅里，两人都是一脸愁容。看到她们两个，永琪立刻奔过去，拉住小燕子的手，急切地看到她脸上去：

"你好了吗？到底是怎么回事？我吓得魂飞魄散了！你是真的还是假的？"

小燕子大笑，说：

"你真笨！当然是假的了！我的身体那么好，怎么可能晕倒呢？本来，应该紫薇晕倒，比较像，偏偏她那个老实人，一点花招都使不出来！"

永琪呼出一大口气来。

"谢天谢地！"又看她的嘴唇，"糟糕！肿起来了！"

"没关系，已经上了一大堆药了！"小燕子满不在乎。

尔康看到紫薇，就心痛地，深深地看着她，摇头说：

"我看，你们两个，又陷进'水深火热'里去了，怎么办？我急都要急死了！"

紫薇看尔康，叹口气说：

"这么晚了，你怎么还没回家？现在尔泰跟塞娅去了西藏，你阿玛、额娘身边，只有一个你，你该早早回去陪伴他们才对！"

"我知道，我知道，可是……我看到你们被召进慈宁宫，心里七上八下，怎能放心回家？所以就在景阳宫等五阿哥，五阿哥把经过都告诉我了，真是惊险啊！你看，那个太后真的被唬过去了吗？"

"说实话，我也不知道，当时，真是慌成一团，只能硬着头皮跟小燕子做戏。太后那儿，我连眼角都不敢看！"紫薇说。

尔康想了想，觉得有好多问题，看着两人，郑重地说：

"你们两个听我说，太后是出了名的厉害，绝对不是个简单的人物。今晚虽然给你们糊弄过去了，说不定想想就明白过来！如果明天再传你们，你们不要又答得乱七八糟！咱们又要套招了！要不然，小燕子再来几个'菩萨'，我们大家，就真的是'泥菩萨过江'了！"

"都怪永琪啦！说什么'菩萨'……"小燕子嘟着嘴埋怨。

永琪脱口喊道：

"小燕子姑奶奶！我说的是'福家'！"

小燕子一呆，抢白地说：

"你为什么不说'尔康'呢？我比较清楚……"

尔康冲口而出：

"如果他说'尔康'，你本领这么大，说不定听成'水缸'！"

小燕子正喝茶，一口茶全都喷了出来。

金琐、明月、彩霞全都笑得东倒西歪。

虽然谈得很严肃，大家仍是嘻嘻哈哈的。正说得热闹，外面忽然传来小邓子、小卓子大声地通报：

"皇上驾到！"

门里的人一阵慌乱。

小燕子急得满屋子乱转：

"天啊！他不是走了，怎么又来了！"

"你赶快睡到床上去！"金琐拉着小燕子。

来不及了，乾隆已经大踏步而入。后面跟着太监、宫女们。

紫薇、小燕子、永琪、尔康都急忙请安道吉祥。

金琐、明月、彩霞也慌忙请安，再忙忙碌碌地去倒茶，拿点心。

乾隆看到尔康和永琪，眉头一皱，大声地说："哈！这个漱芳斋好热闹！尔康，永琪，你们这么晚还在'探病'呀？"说着，眼光直射向小燕子："小燕子，你倒好得快！看样子，胡太医的功夫越来越好，给你的是仙丹啊！怎样？现在头还晕不晕？胸口还疼不疼？"

小燕子立即做出一股衰弱的样子来，哼哼着说：

"头还是晕晕乎乎的，胸口也是闷闷的，不过已经好多了！刚刚在慈宁宫，差点就断气了！"

乾隆一拍桌子，大吼：

"还敢说'差点断气'！你是想'真的断气'，是不是？"

小燕子吓了一跳，抬头惊愕地看着乾隆。

满屋子的人全部一震。乾隆瞪着小燕子，说："你好大的胆子，敢在慈宁宫玩花样！连老佛爷你都敢骗，你还有什么事做不出来？"说着，看向紫薇，不相信地说："紫薇，连你也串通做戏？朕以为，你是永远都不会撒谎骗人的！学好，那么难，学坏，就那么容易啊？"

紫薇这才知道，已被乾隆识破，听到乾隆这样说，又羞又愧，就跪下了。

"皇阿玛！紫薇知错了！当时，实在没办法，我们根本没有串通，小燕子突然晕倒，我也手忙脚乱，后来，看到小燕子跟我眨眼，我除了配合，没有第二条路！"

小燕子看到紫薇跪下，就急了，冲上前来，义愤填膺地说：

"皇阿玛！你不要怪紫薇，反正坏点子都是我出的，我一人做事一人当……"

"要头一颗，要命一条？"乾隆说道。

小燕子愣了愣。

"皇阿玛，你怎么把我的话，都学去了？"

乾隆瞪大眼睛，瞅着小燕子：

"你这么顽劣，朕拿你也没办法了，看来，你迟早会'要头一颗，要命一条'的！朕可以原谅你一次，原谅你两次，但是，不会原谅你一百次、两百次！你不要越来越大胆，把整个皇宫里的人，都当傻瓜！"

永琪急忙挺身而出：

"皇阿玛！小燕子当时是急了，您了解小燕子的，她每次一急，就会失去理智，只凭冲动去做事，她的'冲动'，总是这么乱七八糟的！"

乾隆对大家一瞪眼：

"你们还不坦白招供，今天去了哪儿？什么'看菩萨'？"

尔康就长长一叹，上前诚恳地说道：

"皇上请息怒！两位格格今天是跟臣出门去了。小燕子入宫以前，有个结拜的兄弟和姐妹，名叫柳青、柳红。他们在城里开了一个酒楼，今天酒楼开张，大家去给他们贺喜，因为好久不见，谈得高兴，就耽误了回宫的时间！"

"是真的吗？"

"不敢再欺骗皇上！"尔康诚实地回答。

乾隆想了一下，沉吟地说：

"在宫外有朋友，也是一件好事。朕也有许多江湖上的朋友，遍布大江南北，每次南巡时，都会找时间跟他们相聚。这也没有什么需要撒谎骗人的，太后问起时，为什么不直说？"

紫薇起身，叹了口长气：

"皇阿玛，您有一颗宽大、包容的心！您那么体谅我们，那么了解我们，甚至，您会设身处地地为我们去想，推己及人地原谅我们的错……我们在您面前，或者还敢说实话，可是，在这深宫之中，像您这样宽宏大量、心胸开阔的人，毕竟不多呀！"

紫薇这番话，说得乾隆实在舒服极了。脸上，就不知不觉地带笑了。

小燕子察言观色，立即打铁趁热，再加了几句：

"就是就是！您是世界上最最伟大的人！但是，这宫里的人，没有你这么伟大，他们看到我的脑袋就不舒服！有时，为了保护这颗脑袋，我就会狗急跳墙，自己也不知道做了些什么！"

乾隆看着这样的两个格格，气也不是，不气也不是，想想，却哈哈大笑起来。"什么'菩萨'，连朕都知道永琪在说'福家'，这个小燕子，笨的时候还真笨！但是，厥过去还演得真像，连朕都差点唬住了。"就瞪着两人说，"你们两个，害得朕也只好跟着你们演戏，简直荒唐极了！"

小燕子睁大眼睛，敬佩万分，喊："皇阿玛！您在慈宁宫，就知道我在演戏了呀？您真是世界上最最聪明的人了！您这样掩护我，我还冤枉您不帮我……"又扑通一跪，磕了一个头："小燕子给您磕头了！您真是最最开明的皇上，最最慈爱的爹啊！"

乾隆笑了，心中感动：

"算了算了，你们这两个丫头，给朕左一顶高帽子，右一顶高帽子，我戴得挺舒服，只好饶了你们了！"

小燕子跳起身子，欢声大叫：

"谢谢皇阿玛！我就知道，您是菩萨下凡，是来帮助我们的天神啊！"

一屋子的人喜出望外，全部笑容满面，彼此互看。

　　乾隆突然收住笑，正色说道：

　　"你们也不要太得意忘形了！老佛爷是朕的亲娘呀，朕对她都恭恭敬敬的，你们怎么可以糊弄她？上次小燕子大闹御花园，这次又大闹慈宁宫，真是让朕头痛呀！朕警告你们，以后对老佛爷要诚实坦白，谦恭有礼，这是基本的规矩！老佛爷是最精明能干的人，你们不要以为骗得了她，如果她追究起来，连朕都没办法救你们！"

　　小燕子立刻垮着脸说：

　　"啊？"

　　乾隆凝视尔康一会儿，又看了紫薇一会儿，想到太后的悔婚，心烦意乱起来：

　　"还有，这漱芳斋，到底是格格住的地方，尔康、永琪，你们也要避避嫌吧！不要让她们两个蒙受不白之冤！出了事，你们也保护不了她们！说不定连你们的未来，都赔了出去！"

　　尔康听了这话，脸色一变，赶紧应道：

　　"是！臣谨遵皇上教诲！"

　　永琪也急忙说：

　　"儿臣知罪！"

　　紫薇和小燕子，也笑不出来了。房里的空气，陡然沉重起来。

　　乾隆看看大家，又不忍这么扫兴，就振作了一下，大声说：

　　"不过，最近，老佛爷也没有时间来管你们了！因为，新疆的阿里和卓，带着他的公主，也要来访问我们了！这是继西藏土司来访之后，又一件大事！整个宫里，都要为迎接阿里和卓而忙了！"

小燕子惊讶地说："啊？又有一个公主要来啊？"就急忙看尔康和永琪，不放心地问："这次，轮不到他们了！是不是？不知道这个'生姜王'，要选谁做驸马？他们那些什么姜的人，都流行带公主到北京来找驸马啊？"说着说着，越想越急，抬头看着乾隆："尔康他们已经指婚，不会再被选中吧？"

"那可说不定！"乾隆回答。

紫薇一惊。小燕子张口结舌。尔康、永琪不禁异口同声地喊：

"啊？"

第五章

这天，阿里和卓带着他的含香公主，抵达了紫禁城。

宫门大开，鼓乐齐鸣。乾隆带着阿哥、王公大臣们迎接于大殿前。

回族的音乐响着，阿里和卓一马当先。车队、马队、旗队、乐队、骆驼队、美女队、卫队一一走进宫门。在这浩大的队伍中，最引人注目的，就是那顶充满异国情调的轿子了。轿子是六角形的，有六根金色的柱子，安于上面的，是蓝色镂金的顶。轿顶下面，没有门，垂着飘飘似雪的白纱。白纱帐里，含香穿着红色的回族衣服，头戴白色羽绒的头饰，丝巾蒙着嘴巴和鼻子，端坐在车子正中，两个回族的女仆，一色的紫衣紫裙，坐在含香的身边。含香衣袂飘飘，目不斜视，坐在那儿，像是一幅绝美的图画。乾隆不由自主，就被这幅图画给吸引了。

车马停下。阿里和卓下马，轿子跟着停下，维娜和吉娜扶下含香。

阿里和卓带着含香及所有队伍，一起跪落在地，说道：

"臣阿里参见皇上！吾皇万岁万岁万万岁！"

所有随从，众口一词地跟着喊：

"吾皇万岁万岁万万岁！"

乾隆很有气势地迎接上前。

"阿里和卓不要行大礼，远道而来，辛苦了！"

阿里退后一步，把含香带到乾隆面前。

"这是小女含香。"

含香双手交叉在胸前，弯腰行回族礼，说道：

"含香拜见皇上！"

乾隆顿时觉得异香扑鼻，好像置身在一个充满花香的世界里。那股香味，像桂花和茉莉的综合，芬芳而不甜腻，馥郁而不刺鼻。香得清雅，熏人欲醉。乾隆觉得惊奇极了，难道兆惠说的，回族有个著名的"香公主"竟是事实？他好奇地看着含香，但见那丝巾半遮半掩，却掩不住那种夺人的美丽。那对晶莹的眸子，半含忧郁半含愁，静静地看着他。乾隆和含香的眼光一接，心里竟然没来由地一荡。他慌忙收束心神，对阿里和卓说道：

"阿里和卓带了什么香料来？怎么有这么奇妙的香味？"

"小女生来带着奇香，所以取名叫含香。"

乾隆证实了自己的猜测，惊喜地看着含香。

"哦？原来，这就是有名的'香公主'了！"乾隆大感兴趣，想再仔细看看含香，奈何含香已经把头低垂下去了。乾隆就掉头介绍："这些是朕的儿子们！那些都是王公大臣！"

永琪和尔康也站在众人之中，惊奇地沐浴在那股异香里。永琪就率领阿哥们迎上前去，弯腰行礼：

"恭迎阿里和卓和含香公主！"

乾隆高兴地嚷着：

"大家都不要多礼了！进宫赐宴去！"

当晚，在皇宫的大戏台，有一场盛大的迎宾会。戏台上张灯结彩，热闹非凡。

戏台下面，许多桌子，已经坐得满满的。这场盛会，宫里上自太后，下至王妃、格格，几乎全部参加了。乾隆、阿里带着亲王大臣坐在正中一桌。太后带着皇后、令妃和其他妃嫔们坐一桌。晴儿依然坐在太后身边。

紫薇和小燕子、格格们坐在一起。

永琪、尔康和阿哥、贝勒们坐于另一桌。

戏台上，乾隆点了一出热热闹闹的《大闹天宫》，孙悟空正在戏台上翻翻滚滚，锣鼓喧嚣地响着。阿里从来没有看过这种戏码，不住拍手叫好。大家跟着鼓掌，掌声雷动。

永琪和尔康坐在一块儿，永琪看了看晴儿，低声问尔康：

"晴儿的事，你'备案'没有？"

"还说呢！'备案'了，害得紫薇东想西想，还哭了一场。"尔康回答。

"唉！女人，实在让人难以捉摸。"永琪不解地说，"你被很多人看中，应该是她的骄傲才是，怎么会哭呢？"

"别说得轻松了，如果这个回疆公主看中了你，你看看小燕子会怎样?"

永琪立刻不安起来,说:

"不会那么凑巧吧!看上你的可能比较大一点!"

"哪有这种事,兄弟两个都被人家选中?"尔康立刻也不安起来,"反正,我这次躲得远远的,什么都不出头就对了!"

《大闹天宫》已经演完。演员跪了一地,山呼万岁。

乾隆鼓掌,兴高采烈地喊:

"赏!"

早有太监送上赏赐。演员伏地谢恩,退了下去。

阿里就转头看着乾隆,说道:

"下面是小女献给皇上的舞蹈了!是我们的民族舞蹈,粗俗简陋,不成敬意,请皇上随意看看!"

乾隆带笑,兴味盎然。

这时,乐队换了回人。回族音乐骤然响起,大家感到新奇,全部精神一振。

台上,许多孔武有力的男性,裸着胳臂,穿着红色背心,随着鼓声,舞出场来。鼓声隆隆,舞者满台飞跃,充满了"力"的感觉,让人看得目不暇接。然后,含香被几个武士抬着出场。一色白衣,依然用白纱半掩着面孔,到了台中央,含香翩然落地。在众多男舞者的烘托下,随着音乐,婀娜多姿地舞了起来。

鼓声、乐声、号角声,充满异国情调,含香袅袅娜娜,舞动得好看极了。白纱飘飘似雪,在众多男性中,更有女性特有的妩媚,显得出类拔萃,翩然若仙。

太后看得发呆了，对晴儿说：

“这个回疆的舞蹈，跟咱们的舞蹈，真是大大地不同！我从来不知道男人也可以跳舞！”

晴儿看看台上，点点头，解释说：

“老佛爷，他们是特地设计过的！‘力’和‘柔’都是美，他们很巧妙地把这两种美糅合在一起了！有‘力’来陪衬，那份‘柔’就更加凸显。咱们有句成语说‘柔能克刚’，大概就是这样了！”

皇后急忙夸赞：

“晴儿真是聪明！给你这样一解释，咱们才看懂了！确实如此呀！”

太后宠爱地看晴儿，说道：

“原来这舞蹈，也要‘会看’才行！”

“谢老佛爷和皇后娘娘夸奖！”晴儿微笑起来。

太后看看晴儿，情不自禁，就转头去看紫薇和小燕子。

小燕子目不转睛地瞪着台上，看得发呆了，忍不住跳起来喊道：

“哎呀！那个含香公主，简直美得不得了，不得了！”

紫薇慌忙按住她，警告地说：

“你欣赏就好了，不要那么激动，老佛爷在那边看着我们呢！”

小燕子悄悄看了太后一眼，噘着嘴说：

“她真奇怪，这么好看的舞蹈她不看，看我们干什么？”

紫薇很不安，不时去看晴儿，看到她和太后有说有笑，心里漾着异样的感觉。

小燕子吸了吸鼻子，问紫薇：

"你有没有闻到一股好奇怪的香味？"

紫薇回过神来，也深呼吸了一下，说：

"我听尔康说，这个公主在新疆大大有名，是新疆最美的美女，而且'天赋异禀'，不用熏香，身上就会自然地带来香气！"

小燕子好惊讶，问：

"真的吗？这个'天府的什么饼'，咱们能不能也买两个来吃吃？"

紫薇听到小燕子把"天赋异禀"解释成"天府的饼"，就忍不住微微一笑。小燕子不知道她笑什么，就傻傻地跟着笑。

太后对紫薇这桌投来不满的注视。

皇后把握机会，赶紧对太后说：

"老佛爷，您瞧见了吧？这种国庆场合，民间的格格，就不如正牌的格格了！说说笑笑，指手画脚，没有片刻的安静！"

太后点头不语。令妃看了皇后一眼，面对这样的挑拨，她敢怒而不敢言，心里着实为紫薇和小燕子捏把冷汗。

乾隆这桌，乾隆看得简直忘我了。眼睛瞪着台上，对阿里说道：

"阿里和卓！你这个公主，朕已经听兆惠将军提过好几次了！真是闻名不如见面，实在美得不像人间女子！朕自认见过的美女，早已车载斗量，可是，像含香这样的，还是生平第一次看见！"

阿里一脸的笑，说：

"她是我最珍贵的女儿，也是我们回族的宝贝。她出生的
时候，天空全是彩霞，香味弥漫，我们的星相家说，回部的
贵人降生了！"

乾隆盯着含香，目不转睛：

"是吗？"

含香的舞蹈，越舞越生动，越舞越曼妙，音乐也越来越
强烈。

一段激烈而美妙的舞蹈之后，含香突然舞到舞台正中，
对着乾隆匍匐在地。那些男舞者全部整齐划一地跪倒，音乐
乍停。

乾隆为之神往，愣了半晌，才忘形地站起身来，疯狂
鼓掌。

太后和大家也都鼓起掌来。小燕子把手掌都拍痛了。

乾隆忍不住走上前去，亲手扶起含香。

"起来吧！含香公主！"

含香起身，低垂着头。

乾隆柔声说道：

"抬起头来！让朕瞧瞧！"

含香被动地抬头。神色中有一股凄绝的美丽。乾隆被这
样的美丽震撼了。

阿里走到乾隆身边，凝视乾隆，正色说道：

"皇上！为了表示我们回部对皇上的敬意，如果皇上喜
欢，我把我这个珍贵的女儿，就献给皇上了！"

阿里和卓这话一出口，满座惊愕。

令妃变色，皇后变色，妃嫔们全部变色，太后也震住了。

尔康和永琪相对一视，两人都是一副"原来如此"的样子。

乾隆一怔，接着，就大喜过望了。

"阿里和卓，这话是真是假？"

"如果不是诚心诚意，也不会千山万水，把含香带到北京来了！"阿里诚恳地说。

乾隆再看含香，不禁仰头大笑。

"哈哈哈哈！阿里和卓！朕交了你这个朋友！你的礼物太珍贵了，朕会把她好好地珍藏着！朕向你保证，你永远不会后悔这个决定！"就回头大喊，"拿酒来！"

太监急忙捧上酒壶酒杯，斟了两杯酒。

乾隆亲自递给阿里一杯。

两个酒杯在空中一碰。乾隆兴高采烈地说道：

"干杯！大清朝和回部从此休兵！再不打仗了！"

阿里兴冲冲地说道："和平万岁！"一仰头，干了杯子里的酒。

"是！和平万岁！"乾隆也干了杯子里的酒。

含香站在那儿，眼神是壮烈的，凄绝的。

小燕子被这个状况，惊得半晌回不过神来，等到回过神来，就气得瞪大了眼睛：

"原来，这个公主的野心最大，她看上的居然是皇阿玛！"

乾隆留下了含香，这件事带给宫里的震撼实在不小。回部，无论如何算是异族番邦，怎么把一个番邦女子，留在宫廷？太后心里不满，嘴里不能说什么。皇后又妒又恨，宫里的大眼中钉、小眼中钉已经数不清了，居然还来了一个含香公主！其他妃嫔，当然个个有个个的怨，个个有个个的伤感。但是，其中最是愤愤不平的，居然是小燕子！

"我就不明白，皇阿玛已经有了二十几个老婆，怎么还不够？看到那个含香公主，依旧色迷迷！你看，人家一场舞蹈，他就动心了！怎么可以这样？令妃娘娘快要生产了，他也不关心吗？"

"或者，他是为了解决回疆的问题，只得这样做！人家路远迢迢地把公主'献给'他，他也拒绝不了吧！"紫薇勉强地解释。

"你别傻了！你看皇阿玛，哪儿有一点点想拒绝的样子？他一听到阿里和卓说，把含香'献给'他，他就'快乐得像老鼠'了！紫薇，你说男人是怎么回事？为什么不管什么地位，什么身份，都是见一个爱一个？尤其可恶的是，他们要女人什么'唯一'，什么'到底'，自己就可以左讨一个老婆，右讨一个老婆……真气死我了！"小燕子的生气，在看到令妃的病容和失意时，就涨到了最高点。

原来，这天，小燕子和紫薇来看令妃，原是想请求令妃允许她们出宫去。进了延禧宫，就看到令妃靠在躺椅上，脸色苍白，无精打采，一股病恹恹的样子。腊梅、冬雪和宫女们围绕着她，送茶的送茶，端药的端药。

小燕子和紫薇，看到这种情形，就惊讶而担心地扑了过来。

"娘娘，你不舒服吗？"紫薇关心地问。

令妃叹了口气，说：

"最近累得很，身子越来越沉重，心情也不好。这几天，不知怎的，吃不下东西，头也晕晕的！"

紫薇把手放在令妃额上，惊呼起来："娘娘！你在发烧呀！有没有传太医？"急忙喊："腊梅！冬雪！怎么不给娘娘传太医？快宣太医进来瞧瞧！"

"娘娘不让传！说是躺一躺就好！"腊梅说。

令妃拉住紫薇，说：

"你不要小题大做了！我自己的身子，自己知道。没事，真的没事！发烧是因为有点着凉，现在肚里有孩子，不敢随便乱吃药。太医来了，也是开那些滋补的药，不如不要惊动太医，免得传到太后耳朵里，又说我故意引人注意！"

"可是……如果有别的病，怎么办？"紫薇问。

"娘娘就是情绪太坏了，都不肯吃东西，两位格格，快劝劝娘娘吧！"冬雪说。

小燕子看着令妃，心里同情得不得了，义愤填膺地说：

"我知道娘娘在烦什么，别说娘娘了，我也跟着生气！就算是'生姜公主'，又怎么样嘛？就算吃过什么'天府的饼'，会浑身香，又怎么样嘛……"

令妃一听这话，好紧张，急忙阻止：

"嘘！你小声一点，不要给我惹麻烦！我什么话都没说，你就在这里嚷嚷，别人听了，还以为我在发牢骚呢！"

紫薇就在令妃床前坐下，伸手紧紧地握住令妃的手，诚挚地说：

"娘娘！你不要难过，你心地仁慈，待人宽厚，上天一定会给你特别的眷顾。我一直相信，皇阿玛是个性情中人，他不会辜负你。事实上，你在他心里，一定有不可磨灭的地位。"

令妃很感动，眼睛湿湿地看着紫薇，语重心长地说道：

"紫薇，你真是一个贴心的好人儿。你那么了解，几句话都说到我心坎里去了。只是，对任何女人来说，'不可磨灭'的地位还不够，女人需要的，是'不可取代'的地位啊！"

令妃这句"不可取代"，说出了所有女人心里的渴求。紫薇看着令妃，想到她贵为皇妃，却要忍受这种失落，心里就深深地痛楚起来。由令妃身上，就联想起自己的亲娘，那十几年的等待，是怎么度过的呢？为什么聪明如皇阿玛，却要处处留情，处处负心呢？紫薇挖空心思，想安慰令妃，就深思地说：

"我想起皇阿玛以前，谈到我娘的时候，说过两句话。他说，身为一个男人，也有许多无可奈何。'动心容易痴心难，留情容易守情难'！当时我不懂，现在，有些懂了！大概男人，就是这样的吧……"

紫薇话没说完，小燕子已经叫了起来：

"什么动心不动心，痴心不痴心？反正，就是为他自己的不负责任找理由！以前对紫薇的娘是那样，现在，对令妃娘娘又是这样……"

令妃一把捂住了小燕子的嘴。

小燕子咿咿唔唔，还要说话。半天，才挣脱令妃，气呼呼地问：

"皇阿玛这几天都没有过来吗？"

"他去宝月楼都来不及了，哪有时间过来？"令妃说。

小燕子呼地跳起身子，嚷着：

"宝月楼？"

是的，乾隆在宝月楼。但是，他并没像小燕子想象的那样，软玉温香，卿卿我我。相反地，他正满怀挫败感，满心郁怒，背负着双手，在大厅里走来走去。

含香仍然穿着她那身回族服装，站在窗前，遥望窗外，一股遗世独立的样子。维娜、吉娜和宫女们站立在四周。房里充满了某种紧张的气氛，大家都屏息而立，鸦雀无声。

乾隆走了半天，猛地站在含香面前，把她的身子一下子拉转，让她面对着自己。盯着她的脸，他大声说：

"你到底在别扭什么？进宫这么久，只有你爹来看你，你才说话！对于朕，连说几句话都吝啬！你不要以为你是回族公主，朕就会对你百般迁就，你再不顺从，朕就摘了你的脑袋！"

维娜、吉娜和宫女们，看到乾隆发怒，都惊怕起来。

含香却定定地看着乾隆，一副无畏无惧的样子，依然一句话都不说。

乾隆重重地摇着她，大吼：

"说话！朕受不了你这种样子！你到底有什么事不满意？"

含香依旧沉默，大眼睛里，那种深邃与孤傲，让乾隆在震怒之余，依然不能不眩惑。他压制了自己，忍耐地说：

"含香！不要考验朕的耐心！你已经从新疆到了北京，新疆离你很遥远了！你再怎么看，也看不到你的故乡了！如果你那么想家，朕可以为你造一个回族营，允许你在宫里，过着回族的生活，信奉你的伊斯兰教！就是你不愿意穿满族的服装，行满人的礼仪，我都可以依你！可是，你这样拒人于千里之外，就太过分了！"

含香依然沉默。

乾隆忍无可忍了，再度提高了声音：

"你听得懂朕的话吗？要不要朕找一个翻译来？再不说话，朕就不客气了！朕有无数妃嫔，哪一个像你这样傲慢！"

含香终于开了口，声音冷冰冰：

"不用找翻译！我听得懂。我爹早就训练我说汉语，好把我献给你！你这些天说的每句话，我都懂。你的承诺，我也懂！"

"那么，你还别扭些什么？"

含香直视着乾隆的眼睛，语气铿然而坚决：

"皇上！我坦白告诉你，到北京来，不是我的本意！我们回族，在你的攻打之下，已经民不聊生！我爹为了回族千千万万的老百姓，要我以族人为上，牺牲自我。我没有办法违背父亲，更没有办法不去关心我们的族人，所以，我来了！可是，虽然我来了，我的心没有来，它还在天山南边，和我们回族人在一起。"

乾隆一震，不禁深刻地凝视含香。

"那么，你的意思是，你虽然顺从了父亲的意思，来了北京，却不准备把你自己献给朕？"

含香一叹：

"既然我来了，我就准备服从我的父亲，把我自己献给你！可是，我管不了我的心，你也管不了我的心！你如果要占有我，我无法反对，但是，要我说什么好听的话，我一句都没有！我早已把生死都看透了，还在乎我的身体吗？皇上！随你要把我怎么样，我反正无法反抗！你可以为所欲为！"

含香说着，就把眼睛一闭，一副任人宰割的样子。

乾隆看着这样的含香，不知怎的，在极大的挫败感中，竟然生出一种敬佩的情绪，觉得没有办法去玷污她。他看了好半晌，一拂袖子说道：

"哼！你说了这么多，朕如果占有了你，朕和一个强盗又有什么两样？好！你这样不情不愿，朕也不勉强你！朕要等着，等你屈服的那一天！"

乾隆说完，气冲冲地掉头就走。

就在此时，外面传来太监大声通报：

"还珠格格到！紫薇格格到！"

乾隆一怔。小燕子和紫薇？她们到宝月楼来做什么？乾隆还没回过神来，小燕子已经冲进门，后面跟着气急败坏的紫薇。紫薇正试图拉住小燕子，一路喊着：

"小燕子！我们回去吧！不要打搅皇阿玛……"

小燕子哪里肯听，已经直冲到乾隆面前，挺着背脊，怒气腾腾地大嚷："皇阿玛！你有了这个含香公主，就忘了令妃娘娘吗？你怎么可以这样？这个公主跟你从来就不认识，令妃娘娘已经跟了你这么多年……"她指着含香："她除了年轻漂亮以外，哪一点可以和令妃娘娘比？你一天到晚教育我，说是做人要真诚，要负责，你这是真诚吗？是负责吗？你让我写了一大堆大道理，什么《礼运大同篇》，都是废话吗？"

乾隆正在怒火攻心、充满挫折的时候，突然被小燕子冲进门来，已经怒不可遏，再听小燕子一阵抢白，更是气不打一处来，顿时大怒，一拍桌子，怒喊：

"放肆！这儿是你可以随便闯进来的地方吗？这些是你可以说的话吗？你居然敢这样指责朕！你疯了？"

小燕子扬着脸，不顾一切地喊着：

"皇阿玛！我是放肆，我是疯了，因为我'路见不平'，忍不住了！就算我没刀，我也要试一试！这些话我不说出来，是我对你的不忠！我学了一堆大道理！总归是'忠孝节义'四个字！你负了令妃，是你对令妃不忠，你已经对好多好多女人不忠了，总该有个'开始'……"

乾隆气得发抖，怒吼：

"住口！"

小燕子依然大喊：

"我不住口！你应该以身作则，动不动就吼我，就用'摘脑袋'来压我，怎么会让我服气……"

乾隆气极，扬起手来，就给了小燕子一个耳光。

小燕子怎么也没料到，乾隆会打她，往后一退，用手捂着脸，睁大眼睛，不敢相信地看着乾隆，目瞪口呆。

紫薇也惊得睁大眼睛。

含香也看得呆住了。

好半天，小燕子才不相信地，讷讷地开了口。

"皇阿玛……"才喊了一句，眼泪立刻夺眶而出，滴滴答
答往下掉，"你打我？你打我？我……我……"

小燕子说不出话来，一转身，飞奔而去。

紫薇抬头，定定地看着乾隆，眼泪也在眼眶里打转。

"皇阿玛！我一直以为，你有一颗宽大而仁慈的心！我
好敬佩你，我好崇拜你！小燕子对你也一样。每次，当皇后
娘娘对我们'掌嘴'的时候，你表现出来的心痛，简直让
我震撼！现在，为了这个公主，你居然让那个慈爱的爹消
失了……"

紫薇的话也没说完，眼泪一掉，她说不下去了，一转身，
追着小燕子而去。

乾隆看着两个格格的背影，睁大眼睛，整个人都震住了。

小燕子挨了打，心都碎了。她没法安置自己破碎的情绪，
就一口气跑到景阳宫去找永琪。紫薇和尔康也跟着来了。

"永琪！"小燕子悲痛地喊着，"我后悔了！管他是还珠
格格还是还珠郡主，我都不要了！我是过来跟你说一声，我
要走了，再也不回来了！皇阿玛今天打了我，我就再也不当
他的女儿，也不当他的媳妇了！我跟你分手，你另外去找一
个老婆，再见！"小燕子喊完，转身就跑。

永琪大惊，一把拦腰抱住她，着急地说：

"你不能因为皇阿玛打你，你就惩罚我呀！你走了，要

我怎么办？我们已经定了亲，两个人都发过誓，这一生要守在一起，现在，为了一个耳光，你就把那些誓言，通通忘了吗？你怎么可以这样对我呢？"

小燕子拼命挣扎：

"我不管！我不管！我就是没有办法再待在这个皇宫里！我一定要走！再待下去，我迟早会疯掉，要不然，也迟早会给皇阿玛杀掉……"

紫薇急忙上前劝解：

"小燕子！不要这样，我们大家研究研究，你不要冲动嘛！五阿哥说得对，你不能因为和皇阿玛生气，就迁怒到五阿哥身上！"

尔康也帮着劝：

"就是就是！想想我们几个，是怎样走到今天的！想想劫狱的时候，我们抱着必死的心，回到皇宫来见皇上，我们那样坦然地面对过生和死，现在，竟然不能面对一个耳光吗？"

小燕子激动地喊：

"你不懂，这个耳光是多么严重！"

"我懂，我懂！"紫薇一迭连声地说，"皇后娘娘打了我们好多次，我们只是生气，不曾伤心。因为我们根本不爱皇后。现在，皇阿玛动手打你，是真正打到你的心了……"就紧紧地握着小燕子的手："小燕子，他不只打痛了你，他也打痛了我啊！"

"那么，你跟我一起走！"小燕子盯着紫薇，"那个爹，让他去当'生姜'驸马！我们都不要认了！反正，他那么无情，连令妃娘娘他都可以不管，对我们两个，他也不会喜欢多久的！"

尔康急了，赶紧说：

"小燕子，你一定要弄得天下大乱吗？我们能够挣到今天的局面，是经过了多少风浪，好不容易拼出来的成果。大家都要珍惜一点才好！你怎么可以轻易说出'分手'两个字？实在太残忍了！"

永琪被尔康说到心坎里，喊道：

"是呀是呀！我可以对你坚定不移，你就不能为我受一点委屈吗？想当初，为了你，我宁愿抛弃阿哥的身份，跟你天涯海角去流浪……"

小燕子大叫：

"对了！就是这句话！现在，你还愿不愿意跟我去流浪？你不要当阿哥，我不要当格格！就算穷死，我们一起讨饭去！"

永琪一怔，面有难色：

"不是我不肯，而是……真有这么严重吗？"

"就有这么严重！就有这么严重！就有这么严重！"小燕子一迭连声地嚷，"你舍不得'阿哥'的身份，就算了！让我走！让我走……"

永琪把小燕子死死地抱住。

"我怎么可能让你走？"

尔康把紫薇的手一拉，两人很有默契地，避到外面去了。

永琪见到房中无人，就紧紧地拥住小燕子，在她耳边诚恳地、深情地说道：

"小燕子啊！我答应你，只要有一天，我认为真的很严重，我一定为你抛弃阿哥的身份！什么富贵荣华，在我看来，都不如你的一颦一笑！我是这么深刻地爱着你，你受了一点点委屈，对我都是打击！可是，现在并没有到那个地步，我们这一群人，紫薇、尔康、柳青、柳红、尔泰、塞娅，还有金琐，我们都是一体，能够团聚在一起，是多么可贵的事！怎么可以把这种团聚给破坏掉呢？你就是不在乎我，也该在乎他们吧！"

小燕子听到永琪这么热情的话，心就软了下来，感动得稀里哗啦：

"谁说我不在乎你？我最舍不得的就是你呀！"

永琪心头一热，说不出来的震动，拥着小燕子说：

"哦！小燕子，好好听的一句话！好珍贵的一句话！为了这句话，为了我，包容皇阿玛吧！别让他的私生活，来破坏我们的未来，那就太不值得了！"

永琪说完，就俯身吻住了她。

小燕子搂着永琪，依偎在他怀中，在这样的柔情蜜意下，终于平静了。

在景阳宫的院子里，紫薇和尔康也在谈论着这件事，尔康忍不住埋怨紫薇：

"你怎么不拉住她？居然让她到宝月楼去大闹？你想想，皇上这一生，有多少女人？宫里，名正言顺的妃嫔，就有二十五个，宫外，还有好多。你的娘，也是一个。这世界上没有完人，如果说皇上也有弱点，大概就是'英雄难过美人关'

了！你想，小燕子当着那个公主，跟皇上又吼又叫，让皇上的面子往哪儿搁？她不是自己去讨打吗？"

紫薇懊恼地说："我怎么没有拉住她？你也知道，小燕子力气大，我拉也拉不住！但是，皇阿玛自己先不对了，还要打人！我对他也好生气。你没有看到令妃娘娘，那么苍白，那么伤心，怀着孩子，还在发烧……皇阿玛居然不闻不问……"说着，就抬眼看尔康，困惑地问："男人有权利让一个女人为他生儿育女，再让她心碎吗？我看着令妃，就好像看到了我娘！"

"不管男人或是女人，都没有权利让对方心碎吧！"尔康心中一动，有件心事，放在心里已经很久，正好借这个机会说说清楚，就定睛看紫薇，"我们来改变这些陋习，好不好？上次和你的话只说了一半……"

紫薇猛地打了一个寒战，反射般地说：

"你要说金琐？"

"你怎么知道？是的，金琐……"

"不行不行！"紫薇急忙摇头。

"什么东西'不行不行'？"

"你不能不要她！"紫薇急促地说，"你的心意，我已经了解了！可是，她早已认定了你，对你死心塌地了。你当初答应了我，要收了她，你就要实践你的诺言！"

"那个'答应'，是权宜之策呀！"尔康诚恳地说，"当时，你正在生死头头，几乎是'临终托付'，我知道那把刀再不拔出来，你就活不成了！那种状况下，我除了说'是'之外，没有选择。但是，经过一段长时间的思考，我觉得，如果我真的把金琐收房，根本是个不忠不义的行为！你看，你为了皇上冷落了令妃娘娘，那么难过！那么，你要我将来冷落你，还是冷落金琐？看到皇上，就该知道用情不专，是一种罪过！紫薇，我们不要再重复这种罪过吧！我心里只有你，哪儿还有位置去容纳金琐？她和我们生死与共，也是我们大家的亲人啊！我们该为她的幸福着想，她有权利追求属于她的'情有独钟'，是不是？"

紫薇听了这番话，不能不震动，不能不感动，不能不承认尔康于情于理，都是面面俱到。只是……只是……金琐会怎么想？她痴痴地看着尔康。

"是！你说得有理！让我好好地想一想。"

尔康也痴痴地看着她：

"好吧，我们不谈这个，把这件事放在心里就好了。还是谈谈我们吧，皇上那天警告我们不能随便去漱芳斋，太后对你们两个心存猜疑，皇后依然充满心机……紫薇，这个时候，我们实在不能横生枝节了！你要劝着小燕子，对于含香公主的事，少管为妙！你想，那是皇上的私事，管也管不了呀！"

紫薇深深点头。

"你说得对！"想想，忍不住悄眼看尔康，"还有……那个晴儿……"

尔康立即打断了她：

"晴儿什么？我心里只有紫薇！"

紫薇凝视他，接触到他那样深情、那样温柔、那样坚定的眼光，她就意乱情迷起来，眼中只有尔康，什么话都说不出来了。

第六章

这晚，在漱芳斋，小燕子依旧怒气冲冲。她在房间里走来走去，苦思如何帮令妃夺回乾隆。想了半天，她想出办法了：

"有了！我明儿个直接去找那个含香公主，劝她回到她那个'生姜'去！告诉她，当了'妃子'，搞不好一年半载都看不到皇上，宫里已经有一大堆这种'妃子'了！我还可以带她去'拜访'几位，就这么办！"

紫薇往她面前一站，脸色严肃而坚决地说：

"你什么都不许办！尔康说得对，我们根本没有资格去过问皇阿玛的私事！想管也管不了！何况，我们要面对太后、皇后……自己都摇摇晃晃，没有站稳。你还在那儿管这个，管那个，把问题越弄越复杂，到时候，我们救不了任何人，还得赔上自己！"

小燕子一听，就气坏了，抬眼看紫薇，喊道：

"你好自私！你就想到要保护自己，不想保护令妃娘娘！当了格格，你就变了！只想维持自己的身份，别人的伤心，你也看不到了！"

这几句话说得太重了，紫薇大大地受伤了：

"你这是什么话？你这样冤枉我，太没良心了！我是顾全大局，不能跟着你瞎闹……令妃娘娘像我们的亲娘一样，我也难过，我也心痛呀！可是……可是……我们能做什么呢……"

小燕子大叫：

"尝试去做一些事，总比什么都不做好！"

紫薇被她堵得无话可说，脸色发青，金琐就冲上前来，对小燕子嚷：

"小燕子，你每次都这样，一生起气来，就夹枪带棒，把每个人都乱打一气！小姐老实，没有你会说，你别让她伤心了！以前，你占据了她的位置，她都不和你计较，她怎么会在乎'格格'的身份？你这样冤枉她，你才是变了！"

小燕子更气，她每次生气就会胃痛，气得压住胃，说：

"好好好！你们主仆一条心，我斗不过你们……"

紫薇一跺脚，伤心地喊：

"你真要跟我们'斗'吗？你的敌人是我们吗？你气死我了！姐妹一场，这么没有默契……"

小燕子看到紫薇真的生气了，心里好生后悔，眨巴着眼睛，不知道该如何解释。就在两人都闹得情绪恶劣的时候，外面传来小卓子、小邓子的大喊：

"皇上驾到！"

声到人到，乾隆已经大步走进，后面跟着太监们。屋里的人全部一惊。

小燕子看到乾隆，眼眶一红，身子一转，就用背对着乾隆，也不招呼，也不行礼，直挺挺地站着。

紫薇看到乾隆，心里一酸，许多委屈，全部涌上，竟然学着小燕子，也把身子一转，用背对着乾隆，也不行礼，也不说话。

只有金琐、明月、彩霞三个丫头，慌忙请安行礼。

"万岁爷吉祥！"

行完礼，三个丫头就赶紧去倒茶倒水拿点心。

乾隆看着两个挺立着，像是木偶一样的格格，惊愕着。他这一生，还没面对过这样无视自己存在的局面。一时之间，竟有些手足无措起来。半晌，才重重地咳了一声，故作轻快地说：

"喂，两个丫头，看到皇阿玛，连礼貌都没有了吗？"

两个格格，依然挺立不语。紫薇脸色凝重，小燕子用手捂着胃，两人都是一脸的苦恼。乾隆看看这个，看看那个，心里是相当痛的。对于自己那一耳光，着实后悔着。他深吸了一口气，就色厉内荏地说："两个丫头，怎么回事？还在生气啊？"说着，走向两人，弯腰去看小燕子："小燕子，朕是不是打重了？"

小燕子背脊一挺，什么话都不回答。

乾隆叹了口气：

"朕承认，今天是朕暴躁了一些，不过，你们也太过分了！跑到宝月楼去，已经很不合适，又在那儿大声嚷嚷，朕这一生，还没碰到过像你们这样大胆的格格！好了，朕不追究你们了！你们也别怄气了，紫薇！"

紫薇把头一低。

乾隆又叹了口气：

"紫薇，在朕心里，你一直是最温柔最理解人的孩子，你说，朕让那个'慈爱'的爹消失了，好严重的一句话！那么，你是不是也准备让那个'孝顺'的女儿也消失呢？"

听到乾隆这样真挚的几句话，紫薇就无法再沉默了，她被动地转身，抬起头来，哀怨地看了乾隆一眼。乾隆接触到这样的眼光，一怔。

"紫薇，你想说什么？"乾隆温柔地问。

"紫薇不敢说话，怕挨打。"紫薇低低地答。

"朕今天还是破题儿第一遭，打了格格的耳光。哪有一天到晚要打人的？不会挨打了！别板着脸，朕最喜欢的，就是这个漱芳斋里的笑声了！"

紫薇屈了屈膝：

"皇阿玛，只怕那个笑声，会被皇阿玛给切断了！"

"哪有那么严重？女孩子的心眼就是太多！"乾隆看紫薇，"你们还有什么不满意的？虽然给朕打了一个耳光，现在，朕亲自来安慰你们，还不够吗？"

"皇阿玛亲自跑这一趟，我们两个心里非常感激。只是……"紫薇欲言又止。

"只是什么？"乾隆追问。

紫薇轻轻一叹，幽幽说道："皇阿玛！只是……'盼过昨宵，又盼今朝，盼来盼去魂也销！'那是我娘写的句子。可是，杜甫的'合昏尚知时，鸳鸯不独宿，但见新人笑，哪闻旧人哭？'把这种无奈，写得就更加深入了！"她顿了顿，凝视乾隆："皇阿玛来看我们，我们受宠若惊。可是，令妃娘娘正在卧病，不知道有没有人去看她？"

乾隆一震，定定地看着紫薇。紫薇迎视着乾隆的眼光，她那么温柔，又那么勇敢。乾隆的内心被深深地撞击了。

"朕明白了！"乾隆喃喃地说，"原来令妃不舒服，怎么没有人告诉朕？好了，朕也不耽搁了，这就看她去！"

乾隆说着，转身就大踏步而去。

紫薇急忙屈膝，心悦诚服地喊道：

"紫薇恭送皇阿玛！"

小燕子连忙回头，乾隆已经去了。

小燕子高兴地把紫薇一抱，喊着：

"紫薇，你好伟大！我冤枉你了！你有你的办法！你跟他念了一段什么咒语？什么这个笑，那个哭的？比我吵了半天都有用！我要学念诗做学问了！"

紫薇看着小燕子：

"不跟我生气了？"

"哎呀哎呀，我呸呸呸！我是个什么东西？哪里有资格跟你生气？"小燕子喊。

紫薇笑了，小燕子也笑了。端着点心出来的金琐、明月、彩霞也笑了。片刻，紫薇收起了笑，脸色又沉重起来，正色看着小燕子，说：

"虽然皇阿玛答应现在去看令妃娘娘，但是，那并不是表示他不要含香公主了。我觉得，含香已经占据了他的心，恐怕不是任何力量可以扭转的了。"

小燕子大失所望，立刻垮了脸。

"啊？"

紫薇的话没有说错，两个月以后，乾隆正式册封含香为"香妃"。

含香的身份确定以后，阿里和卓就要起身回新疆了。

这天，乾隆把自己最信任的两个人，永琪和尔康，叫到面前来。

"永琪，尔康，今天叫你们两个过来，是有一个任务要交给你们两个！"

"是！"尔康和永琪恭恭敬敬地回答。

"明天一早，香妃要送阿里和卓出城，朕要你们两个护送香妃一起去。你们两个武功高强，反应敏捷，朕信得过你们！你们要带几个好手、一队侍卫，保护香妃，绝对不能让她有任何闪失！到了城门口，就让他们父女告别，不要拖拖拉拉，耽误时间，快去快回，知道吗？"

"儿臣遵旨！"永琪应着。

"臣遵旨！"尔康也应着。

第二天，两人就带着队伍，浩浩荡荡地送阿里和卓出城去。

依然是旗帜飘飘，依然是乐队奏乐，依然是马队车队，前呼后拥，但是，含香的身份，和来的时候已经迥然不同了。

大清旗帜也飘飘，尔康、永琪骑着马，带着众多的侍卫和军队，护送在侧。

大队人马到了城门外，但见天苍苍，草茫茫。

尔康趋前对阿里说道：

"皇上有旨，请香妃娘娘就在这儿和您告别！"

阿里点点头：

"好吧！不论送多远，总归是要分手的！"

阿里策马到含香车前，含香已经在维娜、吉娜搀扶下，走下马车。

含香看着父亲，眼中含泪。

"爹！一路上，您要多保重！"

阿里不禁恻然，用回语说：

"含香，不要恨爹，你的牺牲，是有代价的！回族千千万万的老百姓，因为你而获得重生了！爹代替那些百姓，向你道谢了！"

阿里说完，一个激动，就用回族参见王者的大礼，向含香行礼。

含香大惊失色，慌忙双手扶住父亲。泪，便滚滚而下了。

"爹！你怎么可以对我行此大礼？你心里的话，我都明白了！你的用心，我也明白了！你放心地去吧！回族的命运既然在我身上，我无论怎样，都会委曲求全的！"

父女二人，执手相看，千言万语，尽在不言中了。

风萧萧，层云飞卷。父女二人，半晌无言，似乎天地都为之动容了。

尔康和永琪默默地站在一边，也深深地感应到这种离别的沉痛。

父女二人，终于放开了紧握的手。

"含香，好好爱惜身体，爹去了！"阿里大喊一声，毅然策马，狂奔而去。

回部士兵，跟着去了。回部旗帜，也跟着飘飘而去。

含香肃立在旷野里，脸上带着凄绝的美丽，目送父亲和回部人马。她神情壮烈，衣袂飘然。

尔康和永琪震慑在她那种凄美上，都不忍心上前催促。

阿里和卓两度回首，最后，对含香挥了挥手，就再不回顾，率大队人马绝尘而去，烟尘滚滚，人、马、旗帜……逐渐消失在地平线上了。

含香仍然迎风伫立。白色衣衫，飘飘若仙。

"是不是该催她回去了？"永琪看尔康。

尔康对含香已经充满怜恤之情，感慨地说：

"李白的诗，我现在才明白了，'挥手自兹去，萧萧班马鸣'正是现在的写照。让她再停留一会儿吧！"

就在这个时候，突然一声尖啸，蒙丹全身白衣，白巾缠头，白巾蒙着口鼻，从城门后面飞跃而出，直奔含香身前，一把抓住含香。四个回族武士同时跃出，分别打向尔康和永琪。

蒙丹对含香用回语大叫：

"这是最后一次机会了，跟我走！"

含香抬头见蒙丹，大震。

尔康、永琪仓促应战。尔康大叫：

"大家保护香妃娘娘！"

尔康便奋勇地打退身边的回人，飞蹿到香妃面前，一掌劈向蒙丹。

蒙丹在埋伏的时候，已经看到护送的人，竟是在会宾楼"不打不相识"的尔康和永琪。心里已经有些明白，这场战斗，又是凶多吉少。可是，错过这次机会，大概他就永远失去含香了！他说什么都不能错过她！他握紧含香的手，不肯放开，单手和尔康对打。含香经不住两人拉扯，跌落在地。蒙丹急忙拉起含香。这一拉之间，尔康已经凌厉地劈打过来。

蒙丹只得放开含香，和尔康大打出手。

永琪一个人打好几个，打得难解难分。永琪边打边喊：

"大家上！如果香妃娘娘有任何闪失，大家提头来见！"

侍卫一拥而上，众人打得天翻地覆。

尔康和蒙丹一连过了好多招。尔康越打越奇，越看越奇，急喊：

"你是谁？"

蒙丹不语，势如拼命。

永琪已经撂倒了两个回族武士。其他侍卫围攻着剩下的两个。永琪就抢下侍卫的一把长剑，飞蹿过来帮助尔康，嘴里嚷着：

"居然敢来抢人，我杀了他！"

永琪一剑劈去，唰的一声，划破蒙丹衣袖，蒙丹绑着绷带的旧伤露了出来。血迹殷然透出。蒙丹回手应战，长剑再唰的一声，划破蒙丹前胸的衣服。

含香看得心惊胆战，魂飞魄散，忍不住大喊：

"蒙丹！你放弃吧！我求求你！"

尔康和永琪双双大惊，都脱口惊呼：

"蒙丹？"

两人一喊，手下都慢了慢。蒙丹把握他们这一慢，奋不顾身地舞着月牙刀，直扑尔康面门，尔康灵活地闪过，大喊：

"蒙丹！如果是你，不要做困兽之斗！我们有备而来，带来的都是高手！你不可能达到目的！快投降吧！"

这时，另外两个回族武士也已被侍卫摆平了。

"蒙丹！"永琪也喊，"你的手下全倒了，你身上有伤，再不投降，难道逼我们杀了你吗？"

蒙丹放眼看去，眼看四个武士全都倒地，自己也已伤痕累累，不堪再战，顿时心灰意冷。

永琪已经一剑指向蒙丹的喉咙口。

"蒙丹！还不认输？"

蒙丹一把拉下自己的面巾，惨然抬头，凄厉地说道：

"两位朋友！杀了我吧！蒙丹但求一死！"

含香踉跄奔来，对着永琪和尔康，扑通一跪。抬着悲怆欲绝的脸孔，看着两人：

"含香求你们，放了他！含香给你们磕头了！"

含香说着，就磕下头去。

尔康和永琪大惊，双双跳开，不敢受香妃跪拜。永琪惊喊：

"香妃娘娘！我是五阿哥，你不能拜我，你是父皇的妃子啊！"

"快起来！"尔康也惊喊，"我是皇上的御前侍卫，未来的额驸！你怎么可以对我下跪呢？给侍卫看了，成何体统？"

含香跪在那儿，眼神黝黑，脸色惨白。

"我是回人，不管你们满人的规矩！今天，要不然你们就放了他！要不然，就杀了我们两个，把尸体带回去交差！你们选择吧！"含香激烈而坚定地说。

这时，蒙丹忽然跃起，举起那把月牙刀，横刀向自己脖子上抹去。

尔康比他更快，伸手就一拳对他头上打去，同时，永琪一剑挑了过来，挑开了蒙丹手里的刀。

蒙丹挣扎了一下，就不支倒地。白色的衣服，被血迹染得殷红斑斑。

这样壮烈的表现，使尔康和永琪都大大地震撼了。永琪看尔康：

"怎么办？把他押回去见皇阿玛吗？"

含香爬了过来，抱住蒙丹的头，见他浑身血迹，心已粉碎。蒙丹努力睁大眼睛，定定地看着含香。含香用白色纱巾，温柔地拭去他嘴角的血迹。然后，她抬头看着尔康和永琪，幽幽地说道：

"我们回人有几句话，翻成中文，是这样的：'你是风儿我是沙，风儿飘飘，沙儿飘飘，风儿吹吹，沙儿飞飞。风儿飞过天山去，沙儿跟过天山去！'我和蒙丹，从小一起长大，他是风儿我是沙。"

尔康震撼极了，看向永琪：

"所谓'在天愿作比翼鸟，在地愿为连理枝'也不过如此了！"

永琪也震撼极了，看向尔康。两人很快地交换了一个眼神。

尔康就蹲下身子，握着蒙丹的胳臂，在他耳边飞快地说："现在先装死，等我们走了，你赶快回到会宾楼去，让柳青他们把你藏起来！我们必须把香妃娘娘护送回宫，否则，我们两个都没有命了！你好好保重，我们有句话说，留得青山在，不怕没柴烧！我们后会有期！"说完，就飞快地把蒙丹推倒在地，站起身来对侍卫们嚷道："这个刺客已经解决了！"

永琪就大声喊道：

"还好娘娘没有受伤，我们护送娘娘回宫！快把马车驾过来！"

侍卫驾了马车过来，怀疑地问：

"五阿哥！我们要不要把这些回人的尸体带回去？"

"护送娘娘要紧！那些尸体不要管了！"永琪喊。

"喳！"

含香仍然紧抱着蒙丹的头，死死地看着蒙丹。

尔康不能再让他们两人依依惜别，就把含香一把拉上马车。维娜、吉娜立刻紧紧地抱住含香，用回语叽里呱啦地喊着，安慰着。

尔康和永琪便双双跃上了驾驶座。尔康一拉马缰：

"驾！驾！"

马车往前奔驰，马队也奔了起来，旗帜飘飘。

永琪低问尔康：

"回去要怎么说呀？这么多人亲眼看见，总不能撒谎吧！"

尔康一脸的坚定：

"我来说！"

回到宫里，尔康和永琪来到乾隆面前。

乾隆已经得到了消息，眼光锐利地盯着尔康和永琪，厉声问：

"到底是怎么回事？你们快说！"

"回皇上，阿里和卓走了之后，忽然有几个回人前来劫持香妃，经过一番大战，臣和五阿哥已经把敌人打退了。"尔康从容地禀报。

"打退了是什么意思？怎么不把他们活捉回来，审问清楚？"乾隆惊疑不定。

"臣已经审问清楚了！"尔康回答。

乾隆惊愕地看尔康：

"你审问了？什么时候审问的？你又打架又审问？"

尔康注视乾隆，含意深长地说：

"臣想，这次阿里和卓带着最大的善意来北京，还留下了香妃娘娘，他的诚意，让人感动，如果因为有人劫美，再弄得有所伤亡，造成民族仇恨，不是辜负了阿里和卓的好意

125

吗？所以，臣做主，把那个主犯给放了！"

乾隆大怒，一拍桌子。

"你是哪一根筋不对？你把主犯给放了？到底那个人为什么要劫持香妃？从哪儿来的？你发昏了？永琪，你也让他这么做？"

永琪和尔康见乾隆发怒，都跪下了。

"皇阿玛！请息怒，尔康自有道理！"永琪说。

"你还有什么道理？"乾隆瞪着尔康。

尔康诚挚地看着乾隆，竟然坦白地说道：

"皇上！那个回人拼死苦战，被臣和五阿哥打得遍体鳞伤，本来，臣要把他活捉回来，奈何香妃娘娘跪倒在地，苦求我们放了他。娘娘说，回人有几句话，翻成中文，是这样的：'你是风儿我是沙，风儿飘飘，沙儿飘飘，风儿吹吹，沙儿飞飞。风儿飞过天山去，沙儿跟过天山去！'她和那个人犯，从小一起长大，一个是风儿一个是沙。"

乾隆大震。

永琪不料尔康这样坦白，也惊看尔康。

尔康就充满感性地继续说：

"皇上！听了这样的话，臣实在不忍把那个人犯捉回来。臣想，皇上一定不希望娘娘恨皇上，如果这个人犯捉了回来，必然是死罪，那么，娘娘心里的恨，就再也无法抹平了。所以，臣就大胆做主，放了他！但是，他已经身负重伤，臣推测，可能活不成了！"

乾隆瞪着尔康，陷进了极大的震撼里，整个人都呆住了。

第七章

当天，在漱芳斋，紫薇和小燕子就知道了这个故事。

紫薇听完整个经过，就感动得眼睛都湿了。

"天啊！好美好美的感情啊！我好像已经看到一片沙漠，风和沙纠纠缠缠到天边！好让我震动啊！"说着，就激动地看着尔康和永琪他们两个，"怎么不干脆放了香妃，让她'随风而去'呢？"

"说实话，当时，这样的念头确实在我心里闪过，"尔康说，"可是，皇上特别交代，要我们保护香妃的安全，好像他已经预知会出事似的。如果我们不带香妃回来，我和五阿哥，现在大概就没有办法站在你们面前了！"

"这个蒙丹，确实就是我们在会宾楼认识的蒙丹吗？"金琐急急地问。

"一点也不错！就是那个蒙丹！现在，我们才知道他为什么全身是伤。原来，他一路追踪香妃娘娘到北京，大概在路上已经动过好几次手，都没有达到目的！现在，又被我们两个打得满身是伤，不知道他有没有力气撑到会宾楼去！"永琪担心地说。

"我担心的是，他根本不会回去！你想，他的同伴大概都死了，香妃娘娘又被我们带了回来，他救不了香妃，又救不了同伴，一定绝望极了。说不定我们一走，他就抹脖子了！"

小燕子一听，就激动得一塌糊涂，拉住永琪就走。

"那我们还耽搁什么？我们赶快去会宾楼，看看他回去没有，伤得怎样？他是我的师父呀！你们两个，也真是糊涂，交过手的人还认不出来吗？怎么不放水？还把他打得重伤！如果他有个三长两短，我找你们算账！"

"他伤得很严重吗？有没有生命危险？"紫薇急问。

尔康看永琪：

"我真的没把握，你看呢？那几剑都是你刺的！"

小燕子一跺脚，惊呼："你还刺了他好几剑？"她伸手对永琪一推："你会舞几下剑，不表演一下你就难过是不是？是敌是友你都搞不清楚，气死我了！"

"我真的不知道是蒙丹呀！更没料到是这种情形呀！"永琪喊。

"那个香妃怎么样？皇上怎么说？"金琐问。

"你真的把实情都和盘托出了？"紫薇也问。

"你们想，那么多侍卫和御林军看着，香妃娘娘扑过去抱着蒙丹的头，又对我们下跪哀求，那种惊心动魄的场面，人人都看到了！我们就是要隐瞒，也隐瞒不住，不如从实招了！我也有我的想法，我赌皇上知道了真情以后，说不定会放了香妃，成全了一对有情人！"尔康说。

"你好冒险，他说不定老羞成怒，把香妃给杀了！"永琪看着尔康。

"是啊！尔康少爷，你会不会弄巧成拙呀？皇上能够忍受一个妃子，心里爱着另外一个人吗？"金琐张大了眼睛，看着尔康。

"不是'弄巧'，是根本没有第二条路来选择！"

"结果怎样？皇阿玛有没有被感动？有没有说要放掉香妃？"小燕子着急地问。

"我看不出来，他对我很生气是真的！差点把我送去关起来！"尔康说。

紫薇眼睛发亮，呼吸急促，拼命点头：

"不过，他毕竟没有把你关起来！我想，在他内心，一定是非常震撼的！他需要一点时间来消化这个故事，就像他当初听到我们的故事一样！等到他消化完了，想明白了，他就会采取行动了！你的筹码跟我当初的筹码一样，赌的是皇阿玛的'不忍'和'仁慈'！我当初会赢，现在，还是有机会赢。有希望！绝对有希望！"

小燕子被紫薇的信心鼓舞了。

"紫薇说有希望，就一定有希望！现在，最重要的事，就是去告诉蒙丹，不要灰心，不要做傻事！还有他的伤……"她回头就跑，"我要去拿'九毒化瘀膏''紫金活血丹''白玉止痛散'，马上给蒙丹送去……"

永琪拉住她，嚷着：

"你别冲动，听我们把话说完，我们现在来找你们，就是觉得事情紧急！你现在根本没有办法出去，我们必须分工合作！"

"分工合作？"

"对对对！"尔康连忙接口，"我和五阿哥，现在就去会宾楼，如果找不到蒙丹，就去城外找，如果还是找不到他，就让柳青顺着路，一路往新疆去找……反正要把蒙丹找到！至于你们两个，也有很重要的事情要办！你们要去宝月楼，毕竟你们是格格，拜访娘娘也很正常。我现在不只担心蒙丹想不开，我也非常担心香妃！"

紫薇和小燕子同时一凛，都被提醒了。

"是啊！亲眼看到蒙丹这样为她拼命，为她受伤，她却无可奈何，还被押解到这个深宫里，来侍候另外一个男人，这种情况，她怎么受得了？"紫薇说。

"就是这句话！"尔康看着紫薇和小燕子。

小燕子重重地一点头，用手背在永琪胸口打了一下。

"好！我们分工合作，说做就做！晚上，你们还是要冒险来这儿一趟，我们彼此交换消息！"她拉着紫薇就往门外走去，"走！我们去宝月楼！"

"万一皇上在那儿，你们怎么办？"尔康喊。

小燕子头也不回地说：

"放心吧，事关生死，我们不会闯祸的！你们赶快去找我的师父要紧！"

乾隆确实正在宝月楼。

得到了尔康和永琪的回报，乾隆心里，说有多怄，就有多怄。怎样也咽不下这一口气，他到了宝月楼，站在含香面前，死死地瞪着她。

含香脸色苍白如死，站在窗前，痴痴地看着窗外，一语不发。维娜、吉娜静悄悄地站在一旁，大气都不敢出。

乾隆瞪着含香，看了好一会儿，含香始终一动也不动，好像生生死死，和她都没关系，好像他这个"万乘之君"对她也毫无意义。乾隆憋着气，胸口剧烈地起伏着。这样的女子，他从来没有遇到过，好像是在考验他的耐心！他突然发难，一步上前，捉住香妃，用手掐住她的脖子，咬牙切齿地说道：

"你好大的胆子！居然敢在众目睽睽之下，和那个回人搂搂抱抱？你不要命了？是不是？朕今天就亲手结果了你！免得你变成朕的笑话，朕的祸害！"

含香被他掐得整个头都仰了起来，那对美丽无比的眸子，就黑黝黝地瞪着乾隆，脸上，几乎是平静安详，而且如释重负的。这种平静安详，就更加刺激了乾隆。

维娜和吉娜一看情况不妙，双双扑了过来，忘形地抱住乾隆的胳臂，大叫：

"不要不要！皇上开恩呀！原谅她吧！"

乾隆一怒，伸脚一踹，维娜飞跌出去。乾隆再一踹，吉娜也飞跌出去。

乾隆的手放松了一些，盯着含香问：

"你知错没有？"

含香看着乾隆，什么话都不说，还是那副神情。

"你想死？朕终于明白了，你为什么说，早把生死置之度外！既然你想死，朕就成全了你！你去死吧！"

乾隆的手劲加重，含香不能呼吸了，面孔涨红了，喉咙里咯咯作响，眼看就要断气了。维娜、吉娜吓得魂飞魄散，用回语高喊救命。

情况正在十万火急，忽然，窗子咔啦一响，接着砰然而开，一个人从窗外飞身而入，嘴里大喊着：

"不好了！皇阿玛要杀香妃！"

乾隆闻声抬头。只见飞进窗子的，竟然是小燕子。

小燕子飞进窗子，蹿得太急，一头撞在屏风上，把屏风也撞翻了，一阵稀里哗啦，屏风倒下，好巧不巧，又倒向一排宫女，于是，宫女跌的跌，摔的摔，乱成一团。外面的侍卫，听到这样惊天动地的声音，全部举着剑冲了进来。

乾隆大惊，掐着含香脖子的手就松开了，含香跌倒在地。维娜和吉娜急忙爬过去，紧紧地搂着含香，用回语喊着叫着。

小燕子揉着脑袋，哎哟哎哟地哼哼着。抬头一看，看到一排侍卫的剑指着她，急忙挥手大喊：

"不是刺客！不是刺客！是小燕子啊！"

乾隆惊看小燕子，怒喊：

"小燕子！你这是做什么？为什么跑来翻窗子？你到底懂不懂规矩？"

小燕子赶紧爬起身子，揉着头，走到乾隆面前，一跪落地，嚷着：

"皇阿玛！事关紧急，我顾不得规矩不规矩了！本来，我是过来看一下，看看皇阿玛在不在这儿，如果不在，我和紫薇想和香妃娘娘聊聊天！走到院子里，就看到小路子跟我们摇手，是我顽皮，溜到这边窗子底下来偷看，不看还好，一看就吓得什么都忘了……想也没想，就这么跳进来了！老天一定是惩罚我，让我一跳进来就撞到了头，哎哟哎哟，好痛啊！"

乾隆睁大眼睛，被小燕子这样一搅和，简直不知道是怒是恨。

侍卫看到又是"还珠格格"，这才退出门去。宫女也纷纷爬了起来。

侍卫退出，紫薇却走了进来，走到小燕子身边，也跪下了。

"紫薇给皇阿玛请安！皇阿玛万岁万岁万万岁！"

乾隆被闹得头昏脑涨，甩了甩头，怒喊：

"你们两个，是不是以为这个宝月楼是漱芳斋？随你们要进来就进来，要出去就出去？而且，居然可以翻窗进来，简直无法无天！今天，朕非要重重地惩罚你们不可！"

紫薇磕下头去，再抬头说道：

"皇阿玛要惩罚我们，紫薇和小燕子甘愿受罚。不过，请皇阿玛高抬贵手，饶了香妃娘娘，我不知道香妃娘娘做错了什么，惹得皇阿玛大发脾气。但是，我知道，香妃娘娘是阿里和卓'献给'皇阿玛的！皇阿玛不管多么生气，一定要顾全阿里和卓的一片心！如果杀了娘娘，肯定会引起回部的深仇大恨，阿里和卓哪会干休？新疆就再也没有安宁之日了！"

乾隆震动地看着紫薇，紫薇的几句话，如醍醐灌顶，使他惊醒了过来。

小燕子看看乾隆的脸色，急忙说道：

"是呀！皇阿玛是世界上最最伟大的人，伟大的人怎么会随便掐人家的脖子？娘娘这么漂亮的脖子，弄断了不是好可惜吗？何况，她还有特异功能，会散发香气，留着当成香料，熏熏屋子也好！"

小燕子说得不伦不类，但是，乾隆对含香那种"盛怒"，也在二人的言语中淡化了许多。想想紫薇的话，确实是言之有理，不禁长长一叹，心灰意冷了。他再去看含香，只见她靠在两个女仆手中，憔悴苍白，看来弱不禁风，却更让人动心。

乾隆对她，不禁又爱又恨，情绪矛盾极了。但是，不管怎样，两个格格在这儿，自己是气也好，恨也好，爱也好，都不便表现了。瞪着含香，他咬咬牙说：

"看在两个格格的面子上，今天饶你不死！朕已经封你做了妃子，你就是朕的人了！你最好弄清楚自己的身份！朕知道你不怕死，但是，你怕不怕'不死不活'呢？"

含香战栗了一下，仍然无语。

乾隆就一甩袖子，怫然转身，出房去了。

紫薇和小燕子看到乾隆走了，这才急忙跳起身子，两人就把宫女们全部赶出门去，再去关门关窗子。

含香从维娜、吉娜怀中，虚弱地站了起来，摸着自己的脖子，看着忙忙碌碌的紫薇和小燕子，还没有从震惊的情绪中恢复。

小燕子关好房门，就跑到含香面前，严重地说：

"含香公主，你让这两个回族女人退下去，我和紫薇有很重要的话要跟你说！"

含香对这两个格格，实在惊奇极了。

"她们是我的亲信，不用回避她们！你们两个，到底是谁？"

紫薇走过来，开始自我介绍：

"我是紫薇，这是小燕子，我是皇阿玛的女儿，小燕子是皇阿玛未来的媳妇，在宫里，我们被称为紫薇格格和还珠格格！"

含香盈盈下拜，说：

"含香谢谢两位格格救命之恩！上次你们冲进来又冲出去，我连和你们招呼的时间都没有！"

小燕子急急地说：

"不要谢了！我们这次也没有很长的时间来说话，只能挑最重要的话来说！是这样的，我们认识蒙丹，他是我的师父……"

含香一听到"蒙丹"两字，整个人一震，全部精神都集中了。

"上次在会宾楼，我和蒙丹打了一架，真是不打不相识，蒙丹身手又好，带着伤，打得稀里哗啦，当时我就拜了师父啦……"小燕子说得乱七八糟。

紫薇见小燕子说不到重点，急忙说道：

"让我来说吧！香妃娘娘……"

"请喊我含香！"含香急促地说，盯着紫薇，焦灼之情已溢于言表。

"好！含香！你听好，今天，护送你去城外的两个年轻人，一个是五阿哥，一个是福尔康！他们凑巧也是我们两个心里的'蒙丹'。所以，我们对于你的故事，充满了同情和了解。今天在郊外发生的事，我们也都知道了。"

含香睁大眼睛看着紫薇，听得专注极了。

"我知道，你现在心里最着急的事，就是蒙丹好不好，伤势严重不严重。我告诉你，现在，尔康和五阿哥，已经赶去救他了！"

含香大震，紧紧地盯着紫薇，不敢相信地，屏息地问：

"真的？"

小燕子急忙插嘴：

"不会骗你！五阿哥还带了宫里最好的药去，都是救命的仙丹，只要找到蒙丹，我们大家会拼命把他治好！"

含香眼泪夺眶而出，喃喃喊道：

"我不相信，我不相信……"

紫薇就紧紧地握住含香的手，郑重地说：

"你一定要相信！他是风儿你是沙，风没有停，沙也不能停。知道吗？我们特地来这儿，就是要告诉你，我们和你是一边的！虽然，在表面上，我们不能公然和皇阿玛作对，但是，我们心里，都站在你这边。我们会帮你的忙，你也要帮自己的忙，最重要的，是要保重自己，留着宝贵的生命，等待和蒙丹重逢的那一天，懂了吗？"

"我想，再也没有重逢的那一天了！"含香哀声说。

"有的！有的！"小燕子拼命点头，"你碰到了我们，就什么不可能的事，都变得可能了！你不要怕皇阿玛，他看起来很凶，其实心地非常好。如果他再掐你的脖子，你不要傻傻地让他掐，要反抗！反抗不成，就逃出门去！逃不成，就说好话，求他，跪他都可以，好女不吃眼前亏，保命要紧！保住了命，才有希望离开这个皇宫，我们都在努力想办法，让他放了你！"

"可能吗？"含香听得匪夷所思，"我是我爹'献给'他的人啊！他已经封了我作妃子，怎么可能放了我呢？"

紫薇有力地回答：

"事在人为！小燕子说得不错，皇阿玛是个有情有义的人，他现在想不明白，但是，他会有想明白的一天！含香，相信我们！今晚，我们会和尔康他们相会，关于蒙丹的消息，我们时时刻刻会传达给你！至于你，有没有话要我们传达给他呢？"

"你们真的见得到他？找得到他？"

紫薇和小燕子也拼命点头。

含香终于相信了这个事实，眼睛发光地看着两人，半晌才说出来：

"告诉他，告诉他，请他为我好好地珍重自己，不要再拼命了！"

"是！那么，你也要为他珍重自己！"紫薇说。

小燕子就积极地问：

"你要不要写封信什么的，让我们带给他？"

含香眼睛一亮，问：

"我可以吗？"

"你可以！你当然可以！"小燕子说。

含香的眼光在两人脸上来回凝视：

"如果我的信落在别人手里，我和蒙丹，就都没有命了！但是，不知道为什么，我那么相信你们，阿拉真神一定听到了我的祈祷，把你们两个派来解救我！"

含香就站起身子，奔到窗前，面对窗外的天空，用回族的祈祷方式，双手交叉放在胸前，嘴里念着《可兰经》。两个回族妇人，慌忙也跟着祈祷。

含香祈祷完毕，整个人都活了过来，转过身子，对两人嫣然一笑，就跑到书桌前去写信。

紫薇和小燕子互视，两人眼里，都满是安慰和感动。

于是，这天晚上，尔康和永琪又来到了漱芳斋。

小燕子迫不及待地问：

"你们找到蒙丹没有？快说！"

"别急！别急！已经找到了！"永琪应着。

"他还好吗？伤得怎样？现在在哪里？"紫薇追问。

"我们去了会宾楼，蒙丹果然没有回来，所以，我们和柳青、柳红就一路找了回去，结果，在城外的河边，找到了他们。原来，他的伙伴死了两个，伤了两个，他不能丢下受伤的朋友，正在水边给朋友疗伤！"尔康说。

"那他自己呢？"

"当然很惨，旧伤新伤，全身都是伤！我们当机立断，把他们三个都带上马车，送到会宾楼，住在客房里。也不敢请大夫，只好自己给他们治！忙到现在，总算把他们的伤口都包扎好了！也让蒙丹了解了我们的身份和立场，现在，柳青、柳红照顾着他们吃了药，睡下了！"永琪说。

"他们活得成吗？"小燕子问。

"都是外伤，还好没有伤到内脏！就是你常说的那句话，什么人什么天的！"尔康看着小燕子。

小燕子欢声大叫：

"吉人自有天相！"

永琪、尔康、紫薇惊喜互看。永琪诧异地说：

"她会说这句话了！"

尔康就问紫薇：

"你们去看香妃的结果怎样？"

紫薇很慎重地从怀里掏出一张信笺来，说：

"这是她写给蒙丹的信！你得小心地收着，千万不要落到别人手里，上面写的是回文！你负责明天一早送去给他，我想，这比任何止痛散、活血丹，都有用！"

尔康还来不及收信，外面响起小邓子和小卓子惊慌的大叫声：

"老佛爷驾到！皇后娘娘驾到！"

大家这一惊，非同小可。

紫薇一把就抢回了那信笺，急切中塞进衣服。没有塞好，信笺竟从衣襟中滑到地上。金琐眼明手快，赶快拾起，慌慌张张地把信笺往桌上的花瓶下一压。

小燕子就去推永琪。

"你们两个，藏到卧室里去！"

"不好！"尔康依然冷静，接嘴说，"太后和皇后一起来，显然已经得到情报，知道我们在这儿！故意来逮我们的！藏到卧室，万一搜出来，更是有理说不清！"

正在说着，门外，已经传来皇后高亢的声音：

"老佛爷！这个漱芳斋十分古怪。奴才们不喜欢在房里侍候，都喜欢待在房间外面！臣妾已经见识过好多次了！"

接着，太后的声音威严地响了起来：

"还不开门？"

金琐急忙上前，把房门打开了。

太后带着皇后、容嬷嬷、桂嬷嬷、宫女们，打着灯笼，浩浩荡荡地走进门来。

大家赶快行礼。紫薇、小燕子、金琐、尔康、永琪纷纷请安：

"老佛爷吉祥！皇后娘娘吉祥！"

"永琪给老佛爷请安，给皇额娘请安！"

"臣福尔康恭请老佛爷圣安，皇后娘娘金安！"

太后眼光一扫，看到永琪和尔康果然都在，眉头一皱，气不打一处来。

"深更半夜，你们关着房门，在做什么？"太后直截了当地问。

小燕子和紫薇互看。

尔康一步上前，硬着头皮编故事：

"回老佛爷，只是闲话家常。今天接到尔泰和塞娅的家书，里面有给还珠格格和紫薇格格的信，知道两位格格一定急于要看，所以给她们送来！"

太后把手一伸：

"信呢？拿来看看！"

紫薇一呆。

容嬷嬷东张西望，一眼看到花瓶下露出半张信笺，就走了过去。

小燕子一看苗头不对，什么都顾不得了，一个箭步冲上前去，推开花瓶，抢过那张信笺，飞快地放到油灯上面去烧。花瓶落地打碎，太后惊得睁大了眼睛。

信笺烧着了，但是，小燕子的手也烧到了，小燕子哎哟叫着，慌忙把信笺甩掉，半张着火的信笺就飘落于地。太后急叫：

"快把那张信纸给我拿来！"

"喳！"

两个嬷嬷和宫女们就奔上前去捡信。同时，小燕子、尔康、永琪也飞快地冲上前去，一齐去抢那张信笺。结果大家撞成一堆，宫女们和两个嬷嬷摔了一地。

小燕子比谁都快，已经抢到信笺，急切中，把半张信笺塞进嘴里去了。

太后大怒：

"把信纸给我掏出来！"

两个嬷嬷爬起身，就拉住小燕子，去她的嘴里掏那张信笺。

小燕子早已狼吞虎咽，把那张信笺吃下肚里去了。看到两个嬷嬷居然把手伸到她嘴边来，就张开大嘴，一口咬在容嬷嬷手上，再一脚踢向桂嬷嬷。

"哎哟！哎哟！我的手指断了！"容嬷嬷甩着手。

"哎哟！哎哟！我的腿断了！"桂嬷嬷跌在地上，揉着腿。

永琪和尔康简直不敢看这个场面。紫薇和金琐惊得面无人色。

皇后胜利地看着太后：

"老佛爷，您总算亲眼看到了！如果不是有什么阴谋诡计，为什么'家书'不能给我们看？竟然急得把它'毁尸灭迹'！这里面有多少秘密，恐怕只有他们几个的肚子里才知道了！"

太后转向永琪和尔康，厉声问：

"你们到底在搞什么鬼？"

尔康知道"家书"之说，会引起更多猜疑，就飞快地看了紫薇一眼，眼中递着讯息，心里转着念头，答道：

"回老佛爷！那张信纸不是尔泰的'家书'，是五阿哥写给小燕子的一首情诗，小燕子生怕老佛爷看了会生气，所以把它毁了！"

永琪急忙呼应：

"老佛爷，请原谅永琪的'情不自禁'！"

太后看看尔康，又看看永琪，看到两人神情闪烁，答话又前言不对后语，对他们两个完全不信，就对外高声喊道：

"来人呀！给我把这两个格格押到慈宁宫去！"

紫薇和小燕子的脸色大变。尔康和永琪也愣住了。

紫薇和小燕子被带到了慈宁宫的"暗房"。

"暗房"顾名思义，就是"黑房间"。在皇宫里，为了惩罚宫女，或是太监，几乎各个宫里都有密室、刑房，或是牢房。在慈宁宫就有"暗房"。

紫薇和小燕子被推进房间的时候，还没什么大感觉，因为房门开着，门外的光线透了进来。容嬷嬷和桂嬷嬷站在门口。容嬷嬷气势凌人地说道：

"太后娘娘有命，要你们两个跪在观音菩萨前面，闭门思过！跪到明天早上，再来问话！"

"你们最好自己知趣一点，不要以为是暗房，没有人看见你们的行动，你们在这房间里的一举一动，老佛爷都看得见！"桂嬷嬷接口。

"两位'格格'，好好地在这儿当'格格'吧！这里可不像坤宁宫，就是皇上，也救不了你们了！"

两个嬷嬷转身出门。房门"哐啷"一声阖上了。

屋里的光线乍暗，小燕子摸索着爬过去，抱紧了紫薇，关心地问：

"你怎么样？有没有给那两个老巫婆伤到？"

紫薇爬起来，坐在地上，努力四面观望：

"还好，我没事……这儿是什么地方？既然有观音菩萨，应该是个佛堂，怎么这样黑？"

两人张望，等到眼睛适应了暗淡的光线，这才看到房里有一张供桌，桌上，有个小小的观音像。观音像前面，燃着两炷香火，那就是整个房间唯一的光源。紫薇安慰自己说：

"不怕！不怕！观音菩萨在那儿，会保佑我们平安无事！我们到菩萨面前来。"

两人爬到供桌前面，拥抱着，觉得整个房间阴森森。

"这房间怎么这么冷呀？我觉得有股冷风，一直往我脖子里吹！你摸，我的寒毛都竖起来了……"小燕子缩着脖子说。

呼啦一声，门上有个小窗，打开了。太后严厉的声音响了起来：

"跪下！"

紫薇和小燕子一惊，急忙跪好。

呼啦一声，门上的小窗又关上了。

小燕子低低地对紫薇说："你们常说什么墙上有耳朵，我看，这间房间，是墙上有眼睛。偏偏我们又没有戴'跪得容易'，如果跪到明天早上，恐怕会把膝盖跪烂了！"四面看看："这儿，好像比那个宗人府的监牢还恐怖！太后会不会把我们关一辈子，不放我们出去了？"

紫薇心里很怕，却拼命给小燕子壮胆：

"不会的，尔康和五阿哥会救我们的！皇阿玛也会找我们的！我们现在和以前不同，我们是名正言顺的格格了！"

"什么名正言顺的格格，我看，是受苦受难的格格！"小燕子又气又沮丧。呼啦一声，门上的小窗又开了。太后看进来：

"不许说话！"

两人一惊，蓦然住口。

呼啦一声，小窗又关上了。

紫薇和小燕子，惊惶地睁大眼睛，彼此对看。

同一时间，尔康和永琪在景阳宫里，急得像热锅上的蚂蚁。

"我去找皇阿玛！"永琪往门外一冲。

尔康急忙拦住：

"现在已经半夜三更了，皇上肯定睡了。今天为了那个香妃，皇上已经一肚子气，如果我们再把他闹醒，说不定救不了她们，还会害她们！"

"那么我们怎么办？就在这儿坐以待毙吗？"

"不会'坐以待毙'，没有那么严重，太后好歹是紫薇的亲祖母，总有一点祖孙之情吧！不会像皇后那样心狠手辣！"尔康深思地说。

"你看她对紫薇真的有'祖孙之情'吗？"永琪冲口而出，"我看，她看紫薇，就像看一个闯入者一样，充满了敌意！"

尔康一惊，立刻失去了平静：

"你说得不错，那……我又要夜探慈宁宫了！先去看一看，她们有没有被刑囚。紫薇可吃不消再被针刺鞭打那一套!"说着,就往外走。

这次,是永琪拦住了尔康:

"不行!好歹等到天亮吧!天亮以后,我去求皇阿玛!你去求一个人!"

"谁?"尔康问。

"晴儿!"

尔康怔住了。

第八章

夜静更深。

小燕子跪在那儿，揉着膝盖，累得东倒西歪。

紫薇仍然直挺挺地跪着。

"我好饿啊！肚子里叽里咕噜叫。我好累啊，眼睛都睁不开了！我肩膀也痛，膝盖也痛，背也痛……我不跪了……"小燕子说着，就瘫倒下去。

紫薇拉住她，警告地说：

"跪好！跪好！你不是说这个墙有眼睛吗？"

小燕子心里害怕，四面看看，努力跪好。紫薇听了听，没有听到那个"呼啦"的声音，想必几个嬷嬷也要睡觉，心里稍稍放心了一些，就急忙把握机会，对小燕子低声地说：

"小燕子，你听好，等到天亮，老佛爷一定会再审我们，你今天把那张信纸吞了，如果老佛爷明天问你，信纸上到底写什么，你要怎么回答？"

"我就说忘记了！"

"不能忘记！尔康已经传达了一个消息给我们，是一首情诗，你就赶快背一首情诗。我现在教你一首，你好好地记着！"

"还要背诗？你知道我最怕背诗！"小燕子立刻抗拒起来。

"没办法了，一定要背！背一首比较白话的。赶快恶补一下吧！"紫薇想了想，就念着诗，"你侬我侬，忒煞情多，情多处，热如火。把一块泥，捻一个你，塑一个我，将咱两个，一起打破，再将你我，用水调和……"

紫薇还没念完，小燕子已经不耐烦了：

"什么？这么长的诗？什么泥巴？什么水什么火？一起打破，不是通通完蛋了？怎么还叫情诗？这种诗，听起来肉麻兮兮的，我不要背！"

紫薇好着急，知道小燕子不背诗，明天肯定不能过关。拼命想，想出另外一首："那么，背另外一首……"再念："不写情词不写诗，一方素帕寄相思，请君仔细翻覆看，横也丝来竖也丝！"

"不写什么不写诗……这个人怎么这么无聊？明明说不写诗，还写了一大篇，什么'横也是丝，竖也是丝'？"

"这个丝字，是谐音'思念'的'思'字。这是说，女人选了一条帕子给男方，什么字都没写，男的看了，明白了！横也丝来竖也丝！"紫薇解释着。

"他明白了，我可不明白！我看，我们两个，是'横也是死，竖也是死'！随他去吧！这些诗，像绕口令一样，我怎么记得住嘛！"

呼啦一声，门上的小窗又开了，桂嬷嬷的声音响起：

"不许说话！跪好！"

两人慌忙跪好，小燕子恨得咬牙切齿。

尔康这夜没有回学士府，整夜都在宫里。四更时分，就到了慈宁宫的门口。守到天刚破晓，才看到晴儿的丫头翠娥出来打水，尔康看到翠娥，如见至宝，赶快上前对她说了几句话。翠娥点点头进去了。片刻之后，慈宁宫的偏门悄悄地打开了，晴儿闪身出来。

尔康一步蹿出来，拉了晴儿就走，来到一个隐蔽的假山后面。

"好了好了，不要拉拉扯扯，我听到翠娥传话，不就马上出来了吗？有什么话，你就快说！等会儿老佛爷起床，马上就会找我！"

尔康对着晴儿，一揖到地。

"有事要求你帮忙！"

"哎呀！干吗行这样的大礼？我可当不起！"

尔康恳切地看着她，焦灼之情，溢于言表：

"晴儿，你知不知道，昨天晚上，老佛爷把小燕子和紫薇都带回了慈宁宫？"

晴儿愣了愣。

"原来，你是为了那两个格格，在这宫门外面站了一夜？"

"是！"尔康坦白地回答，"她们两个进了慈宁宫，我和五阿哥真的魂不守舍了！她们两个，做人处世，都一点经验也没有。对老佛爷的个性脾气，也完全摸不清。尤其是小燕子，什么话该说，什么话不该说，她连一点概念都没有！她们实在是两个善良天真、毫无城府的姑娘。昨天晚上，老佛爷到漱芳斋，抓到我和五阿哥也在漱芳斋，就生了大气。这都是皇后在捣鬼！说起来，昨晚不是两个格格的错，是我和五阿哥的错！我们千不该，万不该，晚上还去漱芳斋！"

"好了，说了那么多，你就是要我去帮两个格格说情，是不是？"

尔康又一揖到地。

晴儿瞅着他：

"我为什么要蹚浑水呢？这事跟我一点关系都没有！"

"你热心，善良，好心……是个最有正义感的姑娘，你和我一样受不了宫闱倾轧，看不惯皇后的作威作福，最恨别人欺负弱小，嫉恶如仇！你这样正直的人，一定不能眼睁睁看着两个无辜的格格受到委屈！"

晴儿似笑非笑地一笑，扬起了眉毛：

"啊？我有这么多好处？怎么你从来没说过？"

"晴儿！你到底要不要帮我？"尔康着急地低喊。

晴儿收住了笑，正色地看尔康，问：

"尔康，你真的好喜欢紫薇，是不是？"

尔康深深地一点头：

"是！"

晴儿看了他好一会儿。

"喜欢到什么地步？"

尔康想了想，真挚地回答：

"她让我觉得，我整个的生命，都丰富起来。好像认识她以前，没有真正活过。这个世界，因为有她才变得光彩夺目！我的存在，也因为有她，才变得有意义！我说不清楚，总之，她已经主宰了我的喜怒哀乐！"

晴儿好震动，深深地看着他。

"我懂了！"就毅然地点了点头，"好！我帮你！你去求皇上过来，老佛爷再强，强不过皇上，我在旁边敲边鼓，大概就没事了！你放心，紫薇和小燕子只是跪了一夜，老佛爷既没有打她们，也没有骂她们！我想，今天老佛爷气消了，会放她们出来的！我走了！"

尔康就深深地，再度对她一揖到地。

晴儿看他一眼，匆匆而去。这时，正好金琐迎面走来，和晴儿打了一个照面。金琐看到晴儿眼中有泪，觉得奇怪，再一看，就看到尔康从晴儿刚走出来的假山后面，绕了出来。金琐一怔，尔康也一怔。

"金琐！你怎么在这儿？"

金琐看着晴儿的背影，有些混乱：

"那是晴格格吗？"

尔康答非所问：

"你在做什么？"

金琐忘了晴儿，急急说道：

"尔康少爷，你有没有小姐的消息？我快急死了！过来看看，小姐会不会放出来了？"

"放心！她们没有挨打，也没有被刑囚！你先回漱芳斋，准备一点吃的喝的，她们回来的时候一定累坏了。我现在要去求皇上！"

尔康看到天已大亮，就急急地去搬救兵了。

乾隆得到永琪和尔康的消息，果然没有耽误，立刻带着永琪和尔康，到了慈宁宫。见到太后，大家赶快行礼问安，太后看看大家，已经心知肚明。

"看来，皇帝是为了那两个格格而来，是不是？"

"皇额娘，朕直到今天早上，才知道那两个丫头，又闯了祸。"乾隆赔笑地说，"朕实在惭愧，没有把这两个丫头教好，让您老人家这么操心。不知道她们犯的错误，严重不严重？如果不严重，就饶了她们两个吧！"

"严重不严重，就让皇帝自己来判断吧！"太后板着脸，回头喊，"桂嬷嬷！去把那两个格格带来！"

"喳！"

桂嬷嬷转身出去。太后就看看尔康、永琪，又看看乾隆，语气不佳地说：

"皇帝！这个漱芳斋，是不是太特别了？三更半夜，还是笑语喧哗。男男女女，都不避嫌。这也是皇上特许的吗？"

乾隆叹了口气：

"永琪和小燕子，尔康和紫薇，都已经指了婚，反正迟早都'避不了嫌'，我们做长辈的，何必多事呢？"

太后一听，好生气。显然，乾隆根本没有把她提过的"重新指婚"放在心上。

"哼！指婚！指婚只是指婚，毕竟没有结婚！"

乾隆一怔，知道太后指的是要悔婚的事，不禁烦闷。

尔康和永琪屏息而立，不敢说话。

这时，小燕子和紫薇走了出来。两人整整跪了一夜，都是神情憔悴，脸色苍白。

小燕子更是揉着膝盖，一跛一跛的。

两人见到乾隆，便双双跪落地。小燕子一跪，膝盖好痛，身子东倒西歪，直叫哎哟。紫薇一跪，腿一软，整个人都栽倒在地。

尔康、永琪好心痛，尔康伸手想扶，又抽回手去。永琪迈前一步，又退了回来。

乾隆大惊：

"你们两个丫头，怎么啦？"

早有宫女上前，扶起二人。紫薇跪好，维持着风度，给太后和乾隆行礼：

"老佛爷吉祥！皇阿玛吉祥！"

小燕子跟着叽里咕噜说了一句。

"不要跪了！搬两张凳子给她们坐下吧！怎么弄得这么憔悴？"乾隆好心痛。

就有宫女搬了椅子来，扶持两人坐下。

"这两个格格，生得真是娇弱！不过是让她们在观音菩萨前面，闭门思过而已。"太后看着，不以为意地说。

小燕子再也忍不住，委屈地嚷了起来：

"皇阿玛！我们好惨啊！这个'闭门思过'好厉害！我就

说过，'跪得容易'不能少，你不许我戴，现在，我整个膝盖都肿了，腿又伸不直，又弯不了！那个暗房里，一直有冷风呼呀呼地吹，吹得我浑身寒毛都站起来了！这个滋味，除非皇阿玛也跪了一夜，才能了解……"

乾隆见小燕子还没轻没重地说话，急忙大声地打断：

"你还敢说这么多话？如果你们不是闯了大祸，怎么会让老佛爷生气？没有打你们，已经是老佛爷的仁慈了！你们还不向老佛爷认错？"

"认错倒是不必了！"太后看了看四个年轻人，再看小燕子，"可是，小燕子，你昨儿晚上，把尔泰写给你们的那封'家书'给吃了，现在，你必须把它吐出来！"

小燕子大惊，睁大眼睛说：

"吐出来？我吐出来的东西不会好看！你真的要我'吐出来'吗？"

乾隆也大惊：

"什么？吃了？把'家书'吃了？"

"可不是！我要看看那封信，她竟然把信拿去烧，烧不掉，就干脆吃了！"

"皇阿玛！"永琪好着急，就往前一步，禀道，"那都是我的错，那不是尔泰写回来的家书，是我一时忘情，写的一首诗……"

太后提高了声音：

"小燕子！那么，你把这首诗的内容，背出来给大家听听！"

小燕子一怔，心想不妙，果然要背诗！早知道就跟着紫薇好好地背一背，现在，脑袋里一片空空，紫薇教了些什么，全部模模糊糊，怎么背？她背脊一挺，说：

"我不要背！"

"什么话？此时此刻，还由得你'要不要'？如果不背，就回到暗房里去，再跪三天三夜！"太后盛怒地说。

小燕子好怕那个暗房，缩缩脖子，嘴里哼哼着：

"我把那张信纸又烧又吃，就是不要让你知道是什么，现在，怎么会背它呢？"

"我想，不是一首诗吧！是尔泰在跟你们研究什么'大计'吧？"太后冷冷地问，眼神凌厉地看着小燕子。

"不是不是，不是'大计'！是是是，是一首诗！"小燕子急忙说。

"是一首诗！老佛爷，是一首诗！"紫薇也跟着点头。

乾隆急于解决这个纷争，就命令地说：

"好了！小燕子，事已至此，你也不要害羞了！诗上写什么，你就干干脆脆地背出来吧！"

"这……这……"小燕子看紫薇，紫薇只是着急，不敢帮忙。

尔康、永琪都急死了。

晴儿站在太后旁边，看得出神了。

小燕子眼看赖不掉了，就豁出去了。

"好！背诗就背诗！"她拼命回忆，昨夜紫薇教了些什么。拼拼凑凑想出一些片段，她就清了清嗓子，咳了一声嗽，开始念诗了："你啊我啊，像水像火，像块泥巴，一起打破……破了之后，就去泡水，泡水之后，又去烧火……说不作诗，又要作诗……横也是死，竖也是死……哼哼唧唧……如此这般，这般如此……"她念得吞吞吐吐，断断续续，念到后面，早已不知所云。

乾隆瞪大眼睛，这种"奇诗"，一生也没听过，听得啼笑皆非。

尔康和永琪相对一看，心里直叫苦。尔康拍着头，转过身子不忍听。永琪闭上眼睛，不忍看。跪在一边的紫薇，根本傻了。

太后一脸的不可思议。晴儿用手捂着嘴，忍俊不禁了。

"你这说的到底是什么？"好半天，太后才回过神来。

尔康定了定神，急忙向前一步，说：

"回老佛爷，回皇上！还珠格格背诗就是这样，从来背不全，张冠李戴，断章取义，更是她经常的毛病。那首诗是'你侬我侬，忒煞情多'！"

乾隆恍然大悟：

"原来是'你侬我侬，忒煞情多'！那么，那个'横也是死，竖也是死'又是什么玩意？"

这一下，连尔康也答不出来了，赶快去看紫薇，紫薇就急忙说道：

"是'请君仔细翻覆看，横也丝来竖也丝'！"

大家这才明白过来，连永琪也是一副"原来如此"的样子。

太后一拍桌子，怒道：

"满口胡言！乱七八糟！就算是情诗，这样'私相授受'，写一些'淫词艳曲'，也是犯了宫中大忌！"

小燕子也知道自己的诗背得不怎么高明，心里七上八下，被太后一吼，吓了一跳，太后说的那些，她又听不懂，就纳闷地问：

"什么东西'瘦瘦'？什么东西'咽气'？老佛爷，您这样一直逼我，我才真的会变得'瘦瘦'的，然后就'咽气'了！"

太后一愣，更怒：

"你是不是故意跟我东拉西扯？"

永琪再也熬不住了，急忙上前解释：

"老佛爷！小燕子就是这样，不是故意的！她不太懂成语，句子深了她就会犯糊涂，一犯糊涂就会曲解成语，这是她的习惯，皇阿玛知道的！"

乾隆就长长一叹，对太后说：

"皇额娘，您不要生气了！小燕子书念得不多，总是这样颠三倒四！确实不是故意在和皇额娘过不去！"

太后半信半疑，瞪着小燕子，哼了一声。

这时，晴儿笑嘻嘻上前，挽住太后，说：

"老佛爷！晴儿作一首诗给您听，好不好？"

"你要作诗？"太后一愣。

"是啊！一时技痒，实在忍不住了！"晴儿说。

"作来听听看！"

晴儿就看看永琪，看看小燕子，笑了笑，清脆地念了起来：

"昨夜传诗，闯下大祸，你侬我侬，忒煞情多！淫词艳曲，太后生气。公主瘦瘦，王子心急！横也是死，竖也是死，不如一笑，好过咽气！"

晴儿一念完，太后就忍不住扑哧一笑。

乾隆一见太后笑了，就跟着哈哈大笑起来，嚷着：

"晴儿，你实在是个才女呀！"

"谢皇上夸奖！"晴儿一屈膝。

乾隆就看着紫薇和小燕子，喝道：

"你们还不赶快谢恩，回漱芳斋去！一清早闹得朕头昏脑涨！"

紫薇拉着小燕子急忙跪下。

"紫薇谢老佛爷恩典，谢皇阿玛恩典！"

"小燕子谢老佛爷恩典，谢皇阿玛恩典！"小燕子赶紧跟着说。

太后挥挥手：

"罢了罢了！你们谢晴儿吧！"

紫薇看向晴儿，心里震撼。晴儿，好机灵的晴儿，好聪明的晴儿！居然能利用小燕子的笑话，谈笑间，把一场风波化解了。怎样的才气，怎样的诗情！还有，怎样的美丽和端庄！紫薇看着她，不知怎的，心里竟然纠结起来，感到一阵隐隐的痛楚。想起尔康的话：几年前，皇上要把晴格格指给他……她打了一个冷战，为了掩饰自己的失态，她低低说了一句自己都听不清楚的话：

"紫薇谢谢晴格格！"

晴儿一笑，看看紫薇，又看看尔康。

尔康退到大家的后面，对晴儿悄悄一拱手。

回到漱芳斋，小燕子和紫薇都已经精疲力竭。金琐、明月、彩霞忙忙碌碌，倒水的倒水，绞帕子的绞帕子，搬椅子的搬椅子，拿靠垫的拿靠垫……不知道要怎样侍候两人才好。

小燕子瘫在一把椅子里，已经动弹不得。

紫薇坐在另一把椅子里，却是一脸的迷惘，若有所思。

尔康和永琪心痛地站在一旁。尔康急急地说：

"你们两个，想办法让自己休息一下！金琐，最好给她们两个熬一大碗姜汤来，听说那个暗房里面有冷风，别折腾病了！"

"我知道！我知道！最好再吃一副安神的药，上次胡太医开的药，还有剩！"金琐慌忙答着。里里外外，张罗汤汤水水。

"好险，我真是吓得一身冷汗！小燕子，你也太离谱了，一首诗念得这么乱七八糟，简直让我提心吊胆！幸好晴儿机灵，要不然，都不知道怎么下台。"永琪看着小燕子，心有余悸。

小燕子噘着嘴，气呼呼地说：

"你们以后再要定锦囊妙计的时候，千万不要让我念诗了！明明知道这个'诗'跟我没缘分，它也不认得我，我也不认得它，偏偏弄首诗来让我出洋相！你吓得一身冷汗，我

159

才背得一身冷汗呢！"

"总算，又暂时过关了，是不是？"金琐问。

"暂时过关了！"尔康就看紫薇，"你休息够了，恐怕还要去一趟宝月楼，那封信给小燕子'吃了'，还得再要一封才好！你说得对，现在对蒙丹最好的药方，就是香妃的信了！我们目前，不能采取任何具体行动，唯一可做的，就是给他们两个当信差！"

紫薇点点头，凝视了尔康一眼，心里千回百转，一语不发。

尔康被紫薇的神情弄得好不安，仔细地看她：

"紫薇，你怎么了？不舒服是不是？要不要传太医？"

紫薇醒了过来，看看尔康和永琪：

"没事！没事！你们赶快离开这儿吧！"

尔康不舍得走，又对紫薇非常不放心：

"可是，你的脸色怪怪的，你有心事？"

紫薇一叹。

"我有点犯罪感，皇阿玛对我们那么好，知道我们陷在慈宁宫，马上就来解救我们！可是，我们却背着他，做一些对不起他的事，我不知道，这是不是一种背叛？"

"这不一样！"尔康怔了怔，"香妃的事情，我们得跳出父女的身份来看它，那是我们对于'是非'所下的定义！如果我们觉得'是'，就应该去做！当'是非感'和'犯罪感'一齐存在的时候，只能压下'犯罪感'，去做我们认为对的事！"

"是吗?"紫薇很犹疑。

"尔康说得对!何况,皇阿玛实在不缺少妃子!"永琪说道。

小燕子马上附和,跳起身子赞同:

"正是,正是!不是不缺妃子,是妃子太多,多得像蚂蚁了!皇阿玛已经是'不够用'的了,哪里还能再多一个香妃来分他?想想令妃娘娘吧!"

紫薇点点头,不再说话。

永琪拉拉尔康:

"尔康!走吧!我们也折腾了一夜,休息休息,还要去看看蒙丹!"

尔康看着紫薇,实在舍不得离开。但是,理智告诉他,非走不可了,这才依依不舍地去了。

几天以后的一个晚上,紫薇和小燕子兴冲冲地来到宝月楼。

看到乾隆不在,紫薇和小燕子赶紧又关门关窗子。紫薇拉住含香,就从衣襟里小心翼翼地掏出一封信来。

"含香,看我给你带来什么?"

含香接过信,匆匆打开一看,脸上立刻绽放着光彩,把信紧紧地压在胸口。

"他写的信!他写的信!"含香不相信地喊着,就拿着信笺,奔到灯下,去仔细阅读,一边看,泪水一边滚落。

"看完,就烧了它,知道吗?上次,你那一封信,已经害得我们差点送命！"紫薇警告地说。

含香看完，哪里舍得烧掉，又从头看起。看了一遍，又再看一遍。

"他说什么？"小燕子好奇地问。

"我把它翻译出来，念给你们听！"含香对小燕子和紫薇，实在太感激了，太想和她们分享秘密和狂喜，就念着信，"含香！我们的真情，大概已经感动了天地！尔康、永琪、柳青、柳红，还有在宫里舍命保护着你的两位格格，是阿拉真神派给我们的使者。他们把你的资讯带给了我，知道你的情形，我已经飞上了天，我是风，早已吹在你的面前，你感觉到了吗？我时时刻刻，缭绕在你身边。现在，只希望你平安，别的都不重要了！让我们彼此珍惜生命，等待重逢的日子！一切一切，都听两个格格的话。她们会帮助你！珍重！你永远的蒙丹。"

小燕子激动得用手抱住脸，喊着："哇！好美啊！他是风，在你身边！"就绕着含香走动，伸手在她四周摸着："你感觉到了吗？有没有？有没有？"

含香拼命点头：

"我感觉到了！他在这儿，他看着我们！他知道我每一件事！我太高兴了，我太高兴了……时时刻刻，他和我同在！"

含香举着那封信，竟然跳起舞来。

维娜、吉娜，看到含香舞蹈，就忍不住拿起回族乐器，击着鼓，给含香助兴。

含香手握信笺，冉冉起舞，白色衣衫，跟着飞舞。

紫薇好感动，抓住小燕子的手：

"小燕子！我好想跟她一起跳舞，可惜我不知道她们回族的舞蹈是怎么跳的。原来，她们回人表现感情的方法，这么强烈！"

小燕子早就跟着拍子在那儿手舞足蹈。

含香舞到两人面前，把紫薇的手一拉：

"来！我们跳舞！回族的人只要高兴，就要跳舞！让我们一起跳，跟着拍子就可以了！"

"我要试试！我要跳舞！"小燕子嚷着。

于是，小燕子、紫薇都跳起舞来。三个年龄相若的女孩，一旦放开了自己，就忘形起来，跳得兴高采烈。维娜和吉娜，好久没有看到含香的笑容，此时，感染着含香的快乐，拼命奏乐。

含香跳得优美极了，紫薇也跳得有模有样。

只有小燕子，跳得非常夸张，跳着跳着，觉得那双花盆底的高鞋子实在碍事，就把鞋子脱下来，穿在手上，用花盆底打着拍子，好像在击着手鼓一样。她越跳越高兴，手舞足蹈，真是快乐得像老鼠。紫薇和含香看到她这样，全部笑了起来，一边笑，一边舞。房间不大，三个姑娘你撞我，我撞你，嘻嘻哈哈，笑声不断。

这时，在宝月楼门外，乾隆带着太监若干，打着灯笼，正走了过来。

乾隆听到音乐、击鼓声，好生讶异。

太监正要通报，乾隆急忙作了一个手势，示意噤声。

乾隆便站在外面，倾听里面的鼓声乐声笑声叫声，惊奇得不得了。

小燕子、紫薇、含香完全不知道乾隆就在外面，维娜、吉娜的拍子越打越急，三个姑娘也越跳越快，小燕子跟不上拍子了，笑得滚倒在地上，含香和紫薇把她拉了起来，继续跳，跳得撞成一堆，更是笑得嘻嘻哈哈。含香手里，始终拿着那张信笺，不时把信笺举在眼前，放在胸口，或是压在头顶。

维娜、吉娜笑着奏乐，越奏越快，越奏越快。

含香用双手压住头上的信笺，开始飞快地旋转。小燕子和紫薇就跟着旋转。

突然，房门一开，乾隆直挺挺地站在房门口。

维娜、吉娜陡然看到乾隆，大惊，音乐乍停。

小燕子猛然一抬头，发现乾隆。这一惊非同小可，大喊：

"皇阿玛！"

紫薇和含香同时回头。

含香一个震惊，手一松，那张信笺就飘飘落下，正好落在乾隆脚下。

含香、紫薇、小燕子看着信笺，同时变色。

乾隆却没有注意那张写满回文的信笺，只是惊奇地看着室内的三个女子，问：

"你们在做什么？"

小燕子的眼睛盯着那张信笺，魂不守舍地喃喃说道：

"跳舞……跳舞……跳舞……"

"为什么跳舞?"乾隆纳闷。

紫薇眼睛也盯着那张信笺,魂不守舍地说道:

"跳舞……跳舞……"

乾隆奇怪极了。

"这么高兴啊?"他看着含香,只见她面颊绯红,眼睛晶亮,浑身上下,都带着一种说不出的光彩,美丽极了。乾隆深吸口气,不禁感染了她们的兴奋:"如果你们喜欢,不要让朕坏了你们的兴致,想跳舞,就跳吧!"

"是!"小燕子大声应着,就飞快地舞动起来,一个大动作的旋转,转到乾隆面前,把乾隆一撞,乾隆被她撞得连退了两步,小燕子就一屁股坐在那张信笺上。

乾隆睁大眼睛,看着小燕子:

"你这个舞蹈好像有点奇怪,太夸张了吧!"

小燕子坐在那儿,喘着气说:

"我刚刚学她们的回族舞蹈,还没学得很到家!"

"起来吧!"乾隆伸手给她。

小燕子慌忙摇头:

"不……不……不起来!"

紫薇和含香交换了一个眼神,惊魂未定。

紫薇定了定神,就走上前来,挽住乾隆的手。她刻意把乾隆往窗子前面拉去,好远离那张信笺,一面笑吟吟地说:

"皇阿玛!我们今晚没事,就来探望香妃娘娘,因为她一直想家,我们就说笑话给她解闷,大家越谈越高兴,香妃娘娘就教我们跳回族的舞蹈!"

"哦?"乾隆大感兴趣,"你们说了什么笑话,让香妃娘娘这么高兴?也说给朕听听!"

紫薇转动眼珠,拼命想笑话:

"是说有个达官贵人,非常喜欢别人奉承,有一天,遇到一个看相的,他就要他看相。看相的对他说:'你的相非常特别,头很小,耳朵大,眼睛里有红线,嘴唇裂开,像个……'达官贵人赶快追问:'像什么?'看相的说:'兔子!'那个贵人大怒,要把看相的送去关起来,随从马上对看相的晓以大义,说是主人喜欢听好话,叫他赶快重看一次。看相的急忙点头,随从就告诉主人,看相的一时糊涂,看错了,要重看一次。那个贵人就让他重看。看相的看了半天,苦着脸说,'你还是把我关起来吧!因为,你还是像个兔子!'"

紫薇忙着说故事,小燕子就忙着要处理那张信笺,她把信笺从屁股下面摸出来,到处张望,觉得放在哪儿都不安全。含香看得好紧张,一会儿指指靠垫,一会儿指指香炉,小燕子都觉得不妥,还在那儿举棋不定,紫薇的故事已经讲完了。

乾隆听得哈哈大笑。说:

"你的故事很好听,可是娘娘听得懂吗?"

香妃听到乾隆说到自己,就急忙答应:

"听得懂,很好听,好听极了。"

乾隆看到含香脸颊嫣红,闻到异香扑鼻,觉得高兴起来,回头去找小燕子。

小燕子一看乾隆回头,来不及藏信了,一急,又把那张信笺塞进嘴里,拼命咀嚼,拼命吞咽。乾隆稀奇地看着,纳闷地问：

"小燕子，你在吃什么？"

小燕子伸长脖子，努力把那张信笺咽进肚子里，咽得脸红脖子粗。好不容易，总算把信笺给吞了。小燕子就涨红了脸，苦着脸说：

"皇阿玛！我最近好倒霉，总是吃一些奇奇怪怪的东西！说不定我变成兔子了！兔子什么都吃！"

乾隆以为小燕子说笑话，开怀大笑。

紫薇惊魂已定，跟着笑，含香放下了心，慌忙附和大家一起笑。小燕子摸着胃，跟着大家苦笑。

就在一片笑声中，几个太监冲进门来，急急一跪，齐声大喊：

"恭喜皇上，贺喜皇上！皇上大喜！万岁万岁万万岁！"

乾隆惊问：

"大喜什么？"

"令妃娘娘刚刚生了一个小阿哥！"太监禀道。

"小阿哥？真的是小阿哥？"乾隆又惊又喜。

"回皇上，确实是个小阿哥！老佛爷已经赶到延禧宫去了！"

乾隆急忙起身，开怀大笑了：

"哈哈哈哈！朕又有一个儿子了！"

小燕子和紫薇相对一看，笑得好高兴。一来，信笺风波不会泄露了；二来，令妃终于生下"龙子"了，从此，地位不同了；三来，或者母以子贵，乾隆会重视令妃，放掉含香吧！两人心里，着实欢喜，就兴高采烈地对乾隆行礼，真心真意地喊道：

"恭喜皇阿玛！贺喜皇阿玛！"

第九章

令妃新生的小阿哥，取名永琰，排行十五。

乾隆五十岁，再获麟儿，踌躇满志，高兴得不得了。当然，令妃有了儿子，身份也不一样了。一时之间，延禧宫成了宫里的热门，太后、乾隆、嫔妃们、格格们、御医们、亲王贵妇们……不住地穿梭在延禧宫，送这个，送那个，汤汤水水，门庭若市，笑声满院。令妃的抑郁，在有了小阿哥之后，就一扫而空了。宫里又是摆酒，又是唱戏，热闹了好一阵子。乾隆也不好意思天天去宝月楼，经常留在延禧宫探视新生的儿子。紫薇和小燕子，更是走得勤，一天到晚，把清脆的笑声，抖落在令妃面前。

这一切，看在皇后眼里，真是恨得咬牙切齿。心里的事，不能跟任何人说，只能对容嬷嬷说：

"这个令妃，本来已经没戏唱了。现在，居然生了一个阿哥，又'跩'了起来，连老佛爷都跟着起哄。阿哥又怎样？

我生十二阿哥的时候，也没看到皇上这么得意！"

"皇后娘娘，令妃这个阿哥生得实在不妙！"容嬷嬷满脸凝重，"奴婢看皇上那个神情，还是真喜欢。你瞧他对令妃，马上变得体贴起来。这母以子贵，娘娘不能不防！"

"防？怎么防？孩子生都生下来了！皇上喜欢又怎样，不过是个奶娃娃，谁知道成得了气候，还是成不了气候？"皇后想着，越想越气，"真是一个眼中钉没解决，又来好几个眼中钉！那个香妃怎样？好像小燕子和紫薇跟她走得很近，这不是奇怪吗？这两个丫头不是令妃的心腹吗？怎么会去笼络香妃呢？她们到底要脚踏几条船？"

"这两个丫头，真是变化多端！娘娘千万别小看她们，她们厉害极了。看到皇上对香妃着迷，她们就开始到宝月楼献殷勤！奴婢听小路子说，那个宝月楼也和漱芳斋一样，开始花天酒地！半夜三更，两个格格常和香妃击鼓作乐，大跳回族艳舞！"

"有这等事？"皇后惊愕。

容嬷嬷重重地点头。

"那个香妃是回人呀！这两个丫头怎么有这么大的魅力，能够让回人也屈服？香妃一天到晚关在宝月楼里，和谁都没有来往，怎么会和紫薇她们好？这太奇怪了！"

"这两个格格，本来就很奇怪！"容嬷嬷阴沉地说，"她们先收服了福家一家，再收服了令妃，然后是五阿哥，然后是皇上！现在是香妃！奴婢觉得，就连晴格格，好像也在暗暗地帮她们。奴婢听说，那白莲教有种妖术，可以迷惑人，把人的魂魄都收掉……娘娘看，这两个丫头，会不会是白莲教的妖女呀！"

皇后一震，深思，回忆起来：

"上次皇上带她们去出巡，遇到刺客，紫薇代皇上挨了一刀，从此收服了皇上，那些刺客，就是白莲教的余孽……"

"这里面，有没有问题？会不会是预先排练好的一场戏？"

皇后深思不语。容嬷嬷就担心地说道：

"如果要收拾那两个丫头，就要越早越好，奴婢看得好担心，就怕……就怕……"

"就怕什么？"

"就怕老佛爷现在讨厌她们，最后还是会被她们收服！"

皇后陡然打了一个冷战，深深地看容嬷嬷。容嬷嬷也深深地回视着她。

"你的眼睛睁亮一点！"

"那还用说吗？"

在这一段时间里，乾隆和含香的状况，仍然陷在一片胶着里。

乾隆不能明白自己的感情，含香越是冷淡，他就越是强烈。为了讨好含香，他几乎挖空心思，赏赐各种东西给含香。回族的项圈、耳坠、数珠、乐器、丝巾、地毯、壁饰，全部往宝月楼搬。至于满人喜爱的珍珠、玛瑙、翡翠、玉如意……更是赏赐无数。可是，含香还是清冷如冰，坚硬如玉，美丽如星，遥远如月。

乾隆弄不明白，怎么有这样的女人？

"你可以对小燕子和紫薇笑，为什么不对朕笑？"乾隆盯着她，"你知道吗？在这皇宫里，有多少女人，活着的目的就是等待朕！"

"或者，也该有一个，是跟那些女人不一样的！"含香勇敢地说。

"你已经够'不一样'了！"乾隆瞅着她，"不要太傲慢，把朕的耐心磨光了！朕最近添了一个儿子，心情大好，不想为你生气，也不想让宫里有什么血光之灾，你的脑袋，你的身子，都暂时留着！但是，你小心啊！"

"我只是一个'礼物'，连'女人'的资格都不够！这个礼物，你可以丢掉，可以毁掉；可以当它不存在……如果你把我看成是一个'女人'，就请尊重一个'人'的权利，让我活得有尊严一点！"

"什么叫作'活得有尊严一点'？你的'尊严'是什么？"

"让我有自由的意志！有说'不'的权利！"

"你好大胆！居然敢跟朕要求说'不'的权利？"乾隆一惊，"难道你不知道在这整个大清，都没有人能够跟朕说'不'！你为什么认为朕会给你这个权利？"

"凡是男子汉，都有这种……"含香叽里咕噜地说了一句回文。

"这句回文是什么意思？"

"翻成汉语，大概是'器量、胸襟、男子气概'之类。"

"器量？胸襟？男子气概？"乾隆突然大笑，"哈哈哈哈！

你在将朕一军！如果朕不给你这个权利，那么，朕就不是男子汉了？"他凝视含香，不住点头："厉害！你是一个厉害的角色，朕越来越喜欢跟你玩这个游戏了！"

含香不语，眼神孤傲。

乾隆看着这样的眼神，对这个女人，真是又佩服又震动又无奈。

"好！朕让你活得有尊严一点！朕对你充满了兴趣，你美丽，高贵，冷淡，傲慢，心里还另有所爱……这样的女人，在朕的生命里，你还是第一个！你是朕的挑战，朕倒要看看，你能够坚持多久？"他看了她好一会儿，"如果有一天，你生活的目的，变成对朕的期盼！那时候，希望你还能维持这份潇洒！"

乾隆说完，大踏步地去了。为了怄这一口气，他始终没有强迫含香就范。

这天，含香又写了一封信，托小燕子和紫薇，带给蒙丹。

自从令妃生了孩子，令妃的心，就全在孩子身上。小燕子和紫薇，几次三番请求出宫，令妃都没批准。她不愿意在这个美好的时刻，为了两个格格得罪了太后。小燕子出不了皇宫，急得五内烦躁。倒是尔康和永琪，常常去探视蒙丹，再把消息转告给小燕子她们。蒙丹的伤，终于慢慢好了，他那两个回族的朋友也已复原，因为蒙丹决定留在北京"长期作战"，那两个朋友就起身回新疆了。蒙丹身上的伤口，虽然痊愈，但是，心里的伤口，随着时间的流逝，却越来越严重了。

这天，小燕子拿了含香托付的信，再也熬不住了。她千方百计地说服紫薇和金琐，故伎重施，全部化装成小太监，溜出宫去。紫薇和金琐都觉得不妥，可是，含香那么期盼，她每天活着，就为了等待蒙丹的消息。紫薇经过一番天人交战，最后，竟然依了小燕子。三个姑娘化装成了三个最俊俏的小太监，出现在景阳宫。永琪和尔康，一面叹气，一面列举各种不能出宫的理由，一面吩咐小顺子、小桂子准备马车，一面带着三人，混出皇宫去了。

大家到了会宾楼，马上被柳青、柳红带进蒙丹的房间。

蒙丹一看到大家，立刻起身，倒身下拜。

"各位，蒙丹身受大恩，无以为报，请受我一拜！"

尔康急忙把他拉起来，说：

"不要这样！我们已经成了朋友，成了知己，千万不要再说大恩大德这一套！"

小燕子立刻跟着喊：

"就是！就是！你怎么可以跪我呢？你是我的师父呀！虽然说，到现在，你一天都没教过我，可我还是认定了你这个师父！师父，你的身体都好了吗？"

"谢谢！总算都好了！又可以冲锋陷阵了。"蒙丹一副准备再上沙场的样子。

紫薇上前，从口袋里掏出含香的信，郑重地递给蒙丹，微笑地说：

"给你送'万灵丹'来了！"

蒙丹急忙接过，迫不及待地展信阅读。

"看过之后，拜托马上烧掉！"紫薇说。

小燕子说道：

"你们这样通信，我最惨了！已经快要变成'字纸篓'了！不知道怎么回事，每次都弄得紧紧张张，然后我就吃了一肚子信纸！皇阿玛老说我肚子里没有墨水，没有文字，我吃一点也好！可是，吃下去的，全是回文！对我一点帮助都没有！"

小燕子这样一说，大家全部笑了。蒙丹好抱歉，好感激地看着小燕子。

"两次吃信的事，五阿哥他们都告诉我了！小燕子，如果有机会，我蒙丹发誓，一定把所有的功夫，全部教给你！"

"那么，我就没有白白吃信纸了！"小燕子大乐。

蒙丹看完了信，十分不舍地，把信放在炉火上烧掉了。他眼看着那信笺着火，再看着它变成灰烬。他抬眼看着众人，眼光变得深邃而迷蒙，叹了口气，说：

"含香要我把我们的故事，告诉你们……我也觉得，我应该把所有的事，都告诉你们，让你们了解，你们帮助的，到底是什么人……"

大家就围着蒙丹，专注地听着。

蒙丹开始叙述他和含香的故事：

"你们都知道，含香是阿里和卓的女儿，是回族的公主。我也是回族人，却不是和卓那一支。但是，我娘和含香的娘，有那么一点遥远的亲属关系。含香因为生来就有奇香，长得又非常美丽，被阿里和卓视为国宝，比教育儿子还要用心。在我十岁那年，我跟着我娘去阿里和卓家做客，那是我第一次见到含香，她当年是八岁……我永远无法忘记那个画面！那天，她站在水边的草地上，穿着一身白纱的回族服装，脸上带着笑，双手平摊，在那儿跳舞转圈圈。让我目瞪口呆的是，有许多蝴蝶围绕着她飞舞。那些蝴蝶，好像在和她玩，在她头上手上，飞来飞去，真是好看极了。随着她的舞动，那股幽香，就不断地散发出来，我这才知道'香公主'的意思。我看着她，简直被她迷住了。我挖空心思，也想表演一点功夫给她看！那时，我已经学了武功，为了表现，我一会儿学螃蟹走路，一会儿学青蛙跳，一会儿空翻斤斗，一会儿用手倒立着走……什么耍宝的事，我全做出来了，还倒着脑袋和她说话。我这样卖力地演出，终于逗得含香哈哈大笑。这一笑，就注定了我们一生的命运！"

蒙丹停了停，大家听得津津有味，个个都目不转睛地看着他。

"童年，真是一个无忧无虑的年代。我们从认识的那一天起，就似乎注定了要相爱，或者，是阿拉真神，把我们撮合在一起。我在阿里和卓家住了两年，时时刻刻都和含香在一起，十二岁那年，我就决定了，我要娶含香为妻！"蒙丹喝了一口茶，继续说，"慢慢地，我们长大了。童年的感情，变成热烈的相爱。每次小别几天，都会让我们两个痛不欲生。我们经常并骑着马，在辽阔的草原上奔驰。什么事都不做，只是感觉着风，感觉着天，感觉着地，感觉着彼此。我们也骑着骆驼，去沙漠里跋涉，体会着'你是风儿我是沙'的感觉……然后，我们决定了，今生今世，永不分离！含香十七岁那年，我正式向阿里和卓提出求婚。谁知，阿里大怒，把我赶了出去，同时，禁止含香和我来往！从那天开始，我和含香，就前后私奔了七次！"

"七次！"小燕子惊愕地插嘴了，"你们真的私奔了七次？为什么？"

"因为，我们每次都失败了！阿里和卓有最精悍的部下，我们无论怎么逃亡，都逃不出阿里和卓的追捕。最后一次，我们想翻越天山……路上要经过沙漠，我们骑了骆驼，走了三天三夜，我以为，风沙会掩盖我们的气息，让我们平安地逃出去。谁知道，骆驼首先罢工了，无论我们怎么拉它，它就是不肯走下去！接着，我们的饮水又喝完了，然后，起了大风，我们被风沙卷到沙丘下，说有多狼狈，就有多狼狈！那是我们最艰险的一次逃亡。当我们蜷缩在风沙中，已经筋疲力尽的时候，阿里和卓带着他的马队和猎狗出现了！"

"猎狗！"小燕子惊呼。

"是的，猎狗！那些猎狗把我们团团围住，马队和武士把我们追得走投无路，我们又失败了！这次，阿里和卓气得不得了，他知道，除非杀了我，要不然，我永远是他的心腹大患！他把我绑住，用一匹马，拖着我飞奔。含香看到这样，就跳出去，拦在阿里和卓面前，苦苦哀求阿里放了我。但是，阿里和卓已经铁了心，拔出刀来，一定要杀了我。含香看到情况危急，什么都顾不得了，扑了过来，用她的身子挡住我，喊出了她最不该出口的一句话，她说：'爹！只要你放了他，随你要我做什么，我都听你的话！'阿里和卓马上把握了机会，对她说：'你用真神阿拉发誓！我饶他不死！'我大喊着想阻止含香发誓，可是，含香发了，她用真神阿拉发了誓，她发誓从此离开我，以后，什么事都听阿里和卓的安排！"蒙丹停住了，深深地吸了口气，看着大家，声音沙哑了，"我们回人，一旦对真神阿拉发了誓，就不能违背誓言。那次私奔，是去年春天的事。今年，含香就被阿里送进北京了。以下的事，你们都知道了！"

蒙丹说完，房间里静悄悄的，大家都怔怔地看着蒙丹。小燕子、紫薇、金琐、柳红都感动得眼眶湿漉漉的。

半晌，小燕子才喊了出来：

"哇！我太感动了！七次！你们居然私奔了七次！怎么可能跑不掉呢？"

"你们知道含香身上，带着洗不掉的香味，只要她走过的地方，都有香味留下来，阿里只要把狗放出来，多远都追得到！"

"原来这样！"尔康沉吟着，"可见'有一利必有一弊'，这可是一个大问题。"

紫薇痴痴地看着蒙丹，叹了一口长气：

"唉！说真的，我这样帮助你们，我一直充满了犯罪感，觉得好对不起皇阿玛！但是，今天听了你们的故事，我再也没有犹豫了。愿天下有情人都成眷属！我豁出去了！我决定再也没有顾虑，尽全心来帮助你们！"

小燕子擦擦眼睛，笑看紫薇：

"你现在才决定？我早就决定了！"

"那么，我们就不要再耽误时间了，赶快把我们的办法告诉蒙丹吧！"永琪说。

蒙丹精神一振：

"你们已经有办法帮助我了？"

"是这样的。现在，含香的处境非常微妙。不知道皇阿玛是怎么回事，他对含香，真是忍让到了极点！"紫薇解释着，"含香不肯屈服，一直对皇阿玛保持距离，皇阿玛也不逼迫。他会这么宽容，我们也觉得不可思议。总之，目前，含香没有危险。尤其，皇阿玛刚刚得到一个儿子，心情好得不得了。"

蒙丹急切地说：

"你们说她没有危险，我却觉得她危险极了。男人是怎样的，我比你们清楚！皇上如果不是对含香有志在必得的决心，就不会对她宽容！他的忍让，像是藏在灰烬里的火苗，随时会烧起来，变成大火！到时候，含香就是死路一条了！"

尔康不禁点头：

"蒙丹分析得有道理！皇上不但不逼迫香妃，还赐了很多东西给她……他越是这样，他的动机就越明显，他是要这个人，不是不要这个人！所以，我们本来想说服皇上放弃香妃，现在觉得试都不用试，一定行不通！"

"那要怎么办？"蒙丹问。

"办法是有一个，不过还在计划中，还没成熟！"尔康说，"我们的意思是，让香妃慢慢地转变，装作被皇上逐渐征服了，等到皇上心中得意，不再设防的时候，我们大家把香妃'偷'出来！蒙丹，你就马上带着她远走高飞！"

"'偷'出来？怎样'偷'？"蒙丹惊愕地问，精神大振。

小燕子看着蒙丹，转着眼珠说：

"皇阿玛不许我们出宫，我们还不是出来了？那个皇宫，虽然到处都是护卫，到处都是高手，可是，我们毕竟是格格，是阿哥！还有一个进出皇宫，完全自由的御前侍卫！"

蒙丹眼中绽出光彩，柳青和柳红也兴奋了起来。

"这个办法有些惊险，但是，计划得好，说不定是条好计！我们事先一定要部署得周周密密才行！要把'远走高飞'的工具、路线，全部安排好，绝对不能回回疆去，因为皇上发现香妃跑了，一定往回疆的方向去追！"柳青说。

"对对对！还有，你们大家，都要把自己的退路安排好，等到香妃跑了，皇上追究起来，你们这两个常常去宝月楼的格格，是不是能够置身事外呢？"柳红说。

金琐一听柳红的话，就有些急了：

"就是！就是！现在，太后对我们这个漱芳斋，已经注意得不得了，两位格格，每天都危危险险的，自顾不暇了！是不是还有力量帮香妃呢？"

小燕子义愤填膺地嚷道：

"这不是力量不力量的事！是非做不可的事！如果我们不做，我们还算什么英雄好汉呢？"

"是！这是义不容辞的事！听了蒙丹这样惊心动魄的故

事，我们再也不能退缩了！不管有多少危险，我们一定要全力以赴！不过，这件事必须好好地计划！如果计划得不够周密，救人救不成，大家都会没命！"永琪说。

"所以我说，一定不能操之过急！蒙丹，你愿不愿意等？"紫薇问。

蒙丹对大家已经肃然起敬，急忙一迭连声地说：

"我等！一定耐心地等！"

尔康打量蒙丹：

"那么，第一件事，你必须落发！你的中文说得很好，已经听不出是回人，只有头发，一看就知道来自边疆，这样，太引人注目了！"

于是，那天，他们给蒙丹落了发，决定了一件大事，要把含香救出宫！他们所有的人，都陷在蒙丹和含香的狂热里，根本没有料到，在漱芳斋，正有一场灾难在等待着他们！

原来，小燕子他们，在会宾楼逗留了太久的时间。

眼见天色渐渐地晚了。小邓子和小卓子急得在院子里兜圈子。小邓子每次一急，就要念经，这时，正念念有词：

"两位格格是金刚不坏之身，大难不死，逢凶化吉，是菩萨转世！上有天，下有地，天地尊亲师全部保佑……格格有顺风耳、千里眼，听得到小邓子的祷告……"

小卓子在他脑袋上拍了一下，喊：

"你不要一直念经好不好？守在这个院子里就可以了，安安静静不行吗？念得我紧张兮兮，快要被你烦死了！"

"你安安静静就好了，我要念经！"小邓子固执地说，就埋着头继续念叨，"上有天，下有地，天地尊亲师全部保佑，两位格格是金刚不坏之身，大难不死，逢凶化吉，是菩萨转世，听到小邓子诚心诚意的祷告，马上就会回家……"

正在念着，外面响起太监的大声通报：

"老佛爷驾到！皇后娘娘驾到！"

"我的妈呀！"小邓子脱口惊呼。

"看你！看你！念什么经，格格没念回来，把老佛爷给念来了！"小卓子喊。

两个太监正吓得手足无措，太后、皇后、容嬷嬷、桂嬷嬷带着宫女、太监，已经浩浩荡荡进了院子。小邓子、小卓子慌忙"嘣咚"一跪，磕下头去：

"老佛爷吉祥！皇后娘娘吉祥！"

太后四面看看：

"你们的主子呢？"

"主子……主子……"小卓子哼哼唧唧。

皇后和容嬷嬷对看一眼，都是一脸得色。皇后就高昂着头，胸有成竹地说：

"老佛爷亲自来了，还不进去通报一声，让你们主子出来接驾！"

小邓子簌簌发抖，喃喃说道：

"通报……通报……"

"你们两个奴才是怎么回事？听不懂吗？"太后惊讶地问。

"奴才该死！奴才该死！"小卓子、小邓子赶紧磕头。

"滚开！让我进去看看！"太后生气了。

小邓子连忙尖声警告明月、彩霞：

"老佛爷驾到！皇后娘娘驾到！"

明月、彩霞奔了出来，见到太后等人，双双跪落在地，发抖地说：

"奴婢叩……叩见老……老佛爷！"

"你们的主子呢？"太后大声问。

"主子……主子……去……去……逛花园了！"彩霞一紧张，胡乱答了一句。

"主子……去……去……逛花园，逛花园……"明月赶紧跟着哼哼。

太后和皇后对看。太后盛怒地一挺背脊：

"哼！逛花园？我们进去等她们！"

太后没有等多久，小燕子和紫薇回来了。永琪和尔康不放心，一直送到漱芳斋。小燕子一溜烟地溜进院子，见到院子里静悄悄，就回头招呼大家：

"放心！没事！"

小燕子说着，就冲进大厅去。冲得太猛，撞到一个直挺挺的人身上，抬头一看，竟是太后。再一看，皇后、宫女、太监等人黑压压地站了一屋子。明月、彩霞、小邓子、小卓子哭丧着脸，全部跪在地上发抖。

最可怕的，是容嬷嬷、桂嬷嬷，带着其他几个嬷嬷，手里各拿一根鸡毛掸子，正虎视眈眈地站着。

小燕子大惊失色：

"老佛爷！您……您怎么在这儿？"

太后昂着头，看着打扮成小太监的小燕子。

紫薇、金琐、尔康、永琪都走了进来。大家通通变色了。紫薇、金琐急忙请安：

"老佛爷吉祥！皇后娘娘吉祥！"

"老佛爷吉祥，皇额娘吉祥！"永琪赶快跟着喊。

"臣福尔康参见老佛爷，参见皇后娘娘！"尔康硬着头皮请安，心里直打鼓，这一下，要怎么办才好？

太后的眼光冷冷地打量着大家，看到紫薇和金琐，也打扮成小太监，尔康和永琪，都穿着便服，心里火大，半晌不语。皇后抬高下巴，带着冷笑，也看着大家。

空气僵了一会儿。然后，太后静静地开了口：

"你们打扮成这个样子，去哪里了？"

小燕子一急，就哀声地开了口：

"回老佛爷，没有办法了，我好想出去玩，以前都是令妃娘娘做主，我就可以出去！可是，现在娘娘全心在照顾小阿哥，不管事，我不知道要问谁，就求着五阿哥和尔康，带我们出去！"

太后不疾不徐地追问：

"又去'看菩萨'了？"

小燕子不敢再随便回答，就求救地去看尔康和永琪。

"回老佛爷……"尔康往前迈了一步。

太后立刻伸手阻止：

"尔康！你不要想尽办法帮她们解围了！你一直是我最喜欢的一个小辈，总觉得你是个有思想、有深度的孩子。但是，你现在竟然也变得这么荒唐，这么轻浮！让我太失望了！"

尔康一怔，惭愧地拱手低头：

"老佛爷教训得是！臣惭愧极了！"

太后陡然提高了声音：

"两位格格，一个阿哥，一个御前侍卫，都是身份高贵的人，居然做些离经叛道的事！你们贵为阿哥、格格，打不得，骂不得！"就走上前去，拉住金琐的耳朵，"你是紫薇格格带进宫的？你叫金琐？"

金琐吓坏了，被拉得好痛：

"是！是！我是金琐！"

"跪下！"太后厉声喊。

金琐慌忙跪下。

"容嬷嬷！桂嬷嬷！给我先打这个丫头！"太后盛怒地喊。

"喳！"

两个嬷嬷，就上前去，挥着鸡毛掸子，狠狠地抽向金琐。

紫薇一看，魂飞魄散，飞扑向前，挡在金琐身前，张开手痛喊：

"老佛爷开恩！不要打金琐，她和我情如姐妹呀！"

太后厉声喊道：

"主子犯错，全是这些奴才不懂事，为什么不劝？我今天不罚两个格格，这些奴才，非打不可！"

两个嬷嬷拼命抽打金琐，紫薇拦在前面，容嬷嬷管他三七二十一，一齐打。金琐眼看紫薇要跟着遭殃，就拼命推着紫薇，哭喊道：

"小姐，你让开吧！有我一个人挨打就够了！求求你，不要管我了……"

小燕子、永琪、尔康一看情况不对，全体跪下了。

"老佛爷！我错了！都是我的错！请你饶了金琐！"小燕子喊。

"老佛爷请息怒！老佛爷请开恩！"尔康、永琪也喊。

太后惊愕得一塌糊涂：

"一个丫头，也值得你们大家下跪吗？就是下跪，还是要打！"

鸡毛掸子继续噼里啪啦地打向金琐，金琐痛极，只得用手去挡，鸡毛掸子就打在手腕上，手背上，痛得她泪如雨下。

"还有两个宫女，也给我打！"太后喊。

其他嬷嬷就上前，开始抽打明月、彩霞。三个姑娘被打得哀哀喊叫：

"饶命啊！不敢了！奴婢知错了……救命啊！救命啊……"

紫薇再也控制不住，抱着金琐，哭了。

小燕子也无法控制了，跳起身子，就飞蹿上前，去抢夺那些鸡毛掸子。

"小燕子！不要！"永琪急喊。

"小燕子！你如果再这么放肆，我把这三个丫头全体带走！你这一辈子，就再也见不到她们了！"太后怒喊。

小燕子大惊，慌忙收住步子，抬头，脸色苍白地看着太后，知道太后不是虚言。

紫薇就膝行到太后面前，抓住太后的衣摆，哀求地说：

"老佛爷……请听我说！老佛爷气的是我们，打的是她们！但是，她们根本没有做错什么，老佛爷打她们，比打我们还让我们痛！这太残忍了！我们宁愿自己挨打，不愿意她们挨打，老佛爷……您是菩萨心肠呀！饶了她们吧！"

皇后高高地抬着头，冷冷地说道：

"紫薇，不要利用老佛爷的仁慈，来坏了宫里的规矩，你们一天到晚，做些见不得人的事，还要永琪和尔康为你们处处遮掩。你们两个把民间那些坏习惯，全部带进宫里，带坏了尔康，带坏了五阿哥！你们还不知羞吗？"

皇后的话，正好说进太后的心坎里，就严厉地说：

"就是！我早就警告过你们，那些民间的'不三不四'，不能带进宫来！看样子，我是对牛弹琴了！现在，谁也不许劝我，容嬷嬷！打！"

几个嬷嬷拼命抽打金琐、明月、彩霞。

小燕子眼看救不了，就奔了过去，一跪落地，伸手抱住明月、彩霞，喊：

"谁要打她们，就连我一起打！"

太后怒不可遏：

"那就不必跟她们客气，想挨打，就打！"

嬷嬷们的鸡毛掸子，就连紫薇和小燕子一起抽了进去。金琐哭着喊道："小姐！小燕子！你们不要管我们了……哎哟！哎哟……"拼命去遮住紫薇，让自己挨打："容嬷嬷，你打我，打我……不要打小姐！"

容嬷嬷看到紫薇自己来送死，正中下怀，故意死命抽打紫薇，紫薇被打得好惨。

明月、彩霞也拼命用身子去承接掸子。

"不要打格格！打我……打我……"两个宫女拼命喊着。

五个姑娘，拼命保护着对方，让自己挨打，场面实在惊心动魄，而且惨烈。

尔康和永琪爱莫能助，心痛得快要死掉。尔康一拉永琪的衣袖，示意他去找救兵，永琪明白了，掉头就跑。皇后耳听四面，眼观八方，立刻喊：

"五阿哥！你要去哪里？"

"永琪！站住！"太后就大声喊。

永琪只得站住。太后看着他，说：

"你想去搬救兵吗？想去把皇阿玛找来吗？不许去！"

永琪咬牙，站住不动。

小邓子、小卓子就爬到太后面前，磕头如捣蒜。

"老佛爷！两位格格身子娇弱，手下留情呀！"小卓子说。

"老佛爷！打奴才吧！奴才肉厚，打奴才吧！"小邓子说。

太后看着小邓子、小卓子，越想越气。

"不要急！马上就轮到你们了！"太后看看打得已经差不多了，挥手对嬷嬷们说道，"够了！"

众嬷嬷这才住手。几个姑娘全部跌落在地。

太后就大声喊：

"来人呀！给我把这个小邓子、小卓子拖到院子里，打五十大板！"

小邓子、小卓子惨然互视，脱口喊道：

"救苦救难观世音菩萨！"

就有太监、侍卫一拥而入，拖住两人，拖向院子。

大家跟着奔出房间。早有太监搬来两张长凳，拿来板子。

紫薇、小燕子、金琐哭着，彼此扶持着站起来，追到门口。紫薇哭着，求着："老佛爷！不要不要啊……"

小燕子还想阻止，冲到院子里，站在两张凳子中间，喊着：

"老佛爷！他们都是听我们的，他们有什么错……"

"打！"太后毫不留情地命令着。

小邓子、小卓子被按在长凳上，板子噼里啪啦地打上身。太监边打边报数：

"一、二、三、四、五……"

"哎哟……哎哟……救命啊……我的格格，我的祖宗，救命啊！"小卓子痛喊。

"观世音！如来佛！孙悟空……猪八戒……都来救命啊！"小邓子痛喊。

小燕子情急，什么骄傲都没有了，"扑通"一跪，对着太后不断地磕头，喊："老佛爷！我怕您了，我再也不敢了！请您饶了他们吧……"

太后根本不理。皇后得意地看着。众嬷嬷、太监环侍。

板子继续打在小邓子、小卓子身上。一声又一声，打得两个格格心碎肠断。

紫薇、金琐彼此搀扶，抱头痛哭。明月、彩霞也抱头痛哭。

尔康再也忍不住，上前一跪。

"老佛爷！两位格格已经挨了打，三个丫头也已遍体鳞伤，难道还不够吗？五十大板，会要了小邓子、小卓子的命！老佛爷持斋念佛，连小蚂蚁都不忍伤害，何况是人呢？救人一命，胜造七级浮屠呀！我们大家，都已经知错了，得到教训了，请饶了他们两个吧……"

太后板着脸，一语不发。

就在这时，乾隆气急败坏地急步而来。

"皇上驾到！"太监急忙大声通报。

所有的人都吃了一惊。太后和皇后都一震抬头。

小燕子看到乾隆，如见救星，就膝行到乾隆面前，拉着乾隆的衣摆。

"皇阿玛……救命啊……"小燕子才喊了一句，就放声大哭了。

乾隆看到这种状况，实在震撼，就对太后急急说道：

"老佛爷为什么生这么大气？打奴才事小，伤了身子事大！十五阿哥还没满月，老佛爷请为小阿哥积德！"

一句话提醒了太后，神态一凛，便伸手说道：

"不要打了！"

太监停下板子，小邓子、小卓子滚下地，"哎哟"不停。

乾隆回头看紫薇和小燕子，不能不训斥几句：

"你们两个能不能停止闯祸了？一天到晚，弄得乌烟瘴气，你们自己伤心，朕看着也难过，这要怎样才好呢？"

紫薇和小燕子泪流满面，抽噎不语。

乾隆好生不忍，掉头看太后：

"儿子送母亲回宫！这两个丫头，以后再来教训！"

大家这才簇拥着乾隆、太后、皇后离去。

永琪和尔康留在最后，不得不跟着走，却一步一回头。

紫薇、小燕子、金琐、明月、彩霞看到大家离去，就全部跌跌冲冲地扑向小邓子和小卓子。小燕子哭着喊：

"小邓子！小卓子！我害死你们了！我害死你们了……"

小邓子痛得龇牙咧嘴，却挤出一个笑容，呻吟着说：

"格格，我还没死呢！"

小卓子痛得脸都歪了，也挤出一个笑容说：

"我也没断气！"

小燕子眼泪一掉，又哭又笑。紫薇急忙喊：

"赶快把他们抬进去，明月、彩霞，拿紫金活血丹、白玉止痛散！"

第十章

尔康、永琪走在御花园里，仍然一步一回头。

永琪看不到乾隆等人了，就急忙收住步子：

"皇阿玛和老佛爷都走远了，你说，我们可不可以再回到漱芳斋去？我真不放心，好想看看她们的情形，一屋子全是伤兵，这要怎么办？"

尔康回头看看，心痛无比：

"我也想回去看看！现在还不只是一屋子伤兵的问题，紫薇和小燕子一定情绪激动，越想越伤心，不知道会不会又做出什么事情来。"

"那……我们还犹豫什么？就去吧！"永琪掉头就走。

尔康犹豫了一下，也跟着过去。忽然，斜刺里，有个人闪了出来，拦在两人面前。两人定睛一看，是晴儿。

"如果我是你们，现在就不去漱芳斋！"晴儿机灵地说。

"晴儿！"尔康恍然大悟，"是你把皇上请来的？是不是？

我就在想，皇上难道有什么心灵感应，知道漱芳斋有难，会这么巧，赶了过来！"

"本来，我不是去搬救兵的！我是来漱芳斋找老佛爷，走到漱芳斋门口，就看到太监们搬凳子，拿板子，又听到五阿哥求救不成，只好为你们大家跑一趟了！"晴儿笑了笑，说。

"原来是你……晴儿，谢谢了！"永琪一抱拳。

"别谢，我是受人之托，忠人之事！"晴儿就瞅着尔康说道，"你欠我好几次了！将来拿什么来谢我？"

尔康诚挚地回答：

"如果我可以为你做什么，只要交代一声，粉身碎骨在所不辞！"

"说得好严重！放心，我既不会要你'粉身'，也不会要你'碎骨'！你欠我的账，我记着，将来再问你讨还！"晴儿说着，就四面看看，"好了，我要回去了！不能让老佛爷知道是我通风报信，要不然，我也要吃不完兜着走！"

晴儿正要举步，永琪一拦：

"为什么说，我们现在不能去漱芳斋？"

"皇后的眼线，还没撤呢！"晴儿说，"你们想，为什么漱芳斋有任何风吹草动，都有人报告给老佛爷呢？"

晴儿说完，转身去了。

永琪和尔康，不禁面面相觑。永琪就着急地说：

"你不是派了高远和高达，去保护漱芳斋吗？怎么他们没有把那个'眼线'给抓出来？"

"这个皇宫，太监、侍卫、宫女、嬷嬷那么多，任何人都可能是'眼线',怎么抓得到呢?就算今天不是眼线,明天也可能变成眼线!"

永琪一凛,打了一个寒战。

"那么,我们要怎么办呢?"

尔康想了想,尽管整颗心都悬在漱芳斋,却不能不忍。

"现在,先去你那儿,让小顺子、小桂子去漱芳斋看看,小邓子、小卓子受了伤,总得有人去上药!一屋子姑娘,叫她们怎么做?"

"还是你想得周到!"

两人就急忙回景阳宫,安排小顺子、小桂子去照顾小卓子、小邓子。

漱芳斋里,这晚真是惨兮兮。

金琐、紫薇、小燕子、明月、彩霞都褪了上衣,穿着肚兜,彼此帮彼此上药。紫薇一面帮金琐上药,一面对着伤口吹。

"疼吧?忍一忍!这儿有好几道伤,都肿起来了!还好,我们这漱芳斋什么药都有!"说着,一扭身子,碰痛了自己的伤,"哎哟!"

"我再帮你看看,你不要管我了!"金琐听到紫薇呻吟,就着急地去拉她,"我很好,不痛了……"说着说着,撞到了床柱:"哎哟!"

明月在帮小燕子上药:

"格格,你不要动来动去,这肩膀上还有伤!哎哟!"

小燕子气呼呼地嚷嚷着："这个也打，那个也打，等我气起来，杀到那个坤宁宫去，打他一个落花流水！"一伸拳头一踢腿，痛得直叫："哎哟！哎哟！好痛！"

彩霞在给明月上药：

"别动！这儿要多擦一点药……哎哟！"

一屋子"哎哟哎哟"之声，此起彼落，好生凄惨。半晌，紫薇穿上衣服，关心地问："有没有人去照顾小邓子、小卓子呀？"

"你放心！"彩霞说，"五阿哥已经派了小顺子、小桂子过来，给他们上了药，吃了紫金活血丹，还熬了一大锅人参鸡汤给他们喝！"

"是呀！"明月说道，"他们两个从来没有被人这样待候过，说是挨挨打，也挺值得！"

紫薇叹口气，帮金琐把衣服拉上，握住金琐的手：

"金琐，对不起，总是连累你跟着我受苦！"

"你怎么这样说呢？我不能让你安全，我已经怄得要死，你再这样说，我就想去撞墙了！"金琐说着，就越想越难过，"想当初，太太让我照顾你，她那么信任我……可我……把你照顾得乱七八糟，整天受伤挨打，我真对不起太太！如果太太看到你这样子，一定心痛死了！"

"不要提我娘，再提我娘，我就要伤心了！"紫薇慌忙说。

彩霞也想起自己的娘来：

"别提到娘，就是因为我娘死了，我才进宫来当宫女，提到娘，我也想哭了！"

"我从小就没有娘，娘长得什么样子，我都不知道！"明月说。

"我也是，所以卖给人家当丫头。"金琐含泪说。

小燕子看看大家，一个情绪激动，"哇"的一声，哭了。

"原来，我们大家都没有娘，才给人家这么欺负！"

小燕子一哭，大家就稀里哗啦，抱在一起，都哭了。

还是紫薇最先振作起来。擦擦眼泪，把大家一抱，振作了一下，说：

"不要哭！我们大家勇敢一点！虽然没有娘，我们还有其他的亲人，而且，我们还有彼此呀！瞧，我们每个人都从不同的地方来，今天能够聚在一块儿，像一家人一样，也是一种福分呀！"

"就是！就是！"小燕子挂着眼泪，破涕为笑了，伸手把众人全部圈进臂弯里去，"我们有一个好大的家！你们全是我的家人！小邓子、小卓子也是……"就跳起身子，急忙穿上衣服，抓了一瓶药，往外急急冲去。

"你去哪里？不可以去坤宁宫……"紫薇急喊。

"我不是去坤宁宫，我去看看小卓子和小邓子！"小燕子嚷着。

彩霞一愣，想到两个太监此时的情况，急忙大喊：

"格格，不要去……"

小燕子哪儿听得见，早已冲进了小邓子和小卓子的房间。

小邓子和小卓子正趴在床上，裤子褪下，小顺子和小桂子在帮他们上药。两个人一面上药，一面"哎哟哎哟"叫个不停。

忽然间，小燕子的声音响了起来，人也冲了进来：

"小邓子！小卓子！你们伤得怎么样？我这儿还有'跌打损伤膏'，管他怎样，给他通通涂上去！"

小邓子、小卓子一见小燕子冲进来，两人大惊。

"哎呀！我的妈呀！"小邓子一吓，扑通滚下地，拼命拉着裤子，撞得好痛。

"哎哟！哎哟！"

"哎呀，格格大人，祖宗姑奶奶呀！你怎么进来了？"小卓子拉了一床棉被，把自己紧紧地裹着，在床上拼命磕头，"小卓子给您磕头了！您快出去吧！"

小顺子、小桂子赶快请安。

"还珠格格吉祥！"

"我不吉祥，进了这个皇宫，我就从来没有吉祥过！"小燕子喊着，完全不顾两人的尴尬，走了过来，低头看小卓子，"有没有用冷水敷一敷？"

"有有有！"小卓子窘迫地喊。

小燕子就弯腰去扶小邓子：

"怎么从床上滚下来了？赶快躺回去！"

小邓于死命拉着裤子，恨不得有个地洞好钻：

"格格，您请回，我再躺回去！"

小燕子看看两人，眼眶红红地说："好，我不走，你们也不安心！这个药膏留给你们用！"放下药膏，又郑重地说道："你们今天为我挨了打，我好难过。不过，从此，我们更是一家人了！已经连打板子都同样挨过了！不要怕，我有经验，过几天，就又可以活蹦乱跳了！好！你们好好休息！"说完，就很豪放地，一巴掌打在小卓子棉被上："有福同享，有难同当！"

小燕子这一巴掌，正好打在小卓子受伤的屁股上。小卓子痛得跳了起来：

"哎哟！哎哟！格格，主子，姑奶奶，祖宗……"

小燕子一惊，伸手去拉棉被：

"打痛你啦？给我瞧瞧！"

小卓子慌忙往床里躲：

"不痛！不痛！哎哟！哎哟！"

小桂子、小顺子想笑，又不敢笑，快要憋死了。

小燕子这才转身出去了。

乾隆第二天就把永琪和尔康叫到了御书房。

"朕宣你们两个过来，要谈些什么，你们大概心里也有数了吧？"乾隆问。

"皇上，是不是有关两位格格的事？"尔康问。

乾隆点头，叹了口气：

"正是！小燕子和紫薇，树敌已经太多，在宫里非常引人注目，你们两个，怎么不劝她们收敛，还帮着她们胡闹？你看，又闹了这样一大场，弄得老佛爷生大气，紫薇和小燕子也受委屈，一屋子奴才跟着遭殃……长此以往，大家的日子要怎么过下去？"

永琪和尔康，惭愧地低下头去。心里都是波涛起伏，有千言万语，一句都不能说。这次挨打，起因是溜出宫去见蒙丹，如果没有香妃，什么事情都没有了！这个缘故，他们两个，却怎么都说不出口。

乾隆沉重地看着两人，正色说道：

"老佛爷对于紫薇和小燕子，显然已经有了成见，虽然朕为她们两个说了许多好话，老佛爷就是听不进去！朕觉得，紫薇和小燕子，都是危机重重，如果你们两个再不帮助她们，朕只怕，连你们的婚事都会保不住！"

尔康和永琪大震。尔康就急了：

"皇上！怎么会连婚事都保不住呢？已经指了婚，就是千真万确了！难道还允许有变化吗？"

"就是！就是！"永琪也拼命点头，再也忍不住，冲口而出地说，"皇阿玛，您早点把日子定了，让我们两对早些结婚算了！免得夜长梦多！"

乾隆眉头一皱：

"现在，不是那么简单，如果老佛爷不愿意，朕也不能违背老佛爷的意思！就是选了日子，也是白选。何况，格格们的婚事，本来老佛爷就有权做主。朕对老佛爷一向顺从，实在不忍违抗她！"

尔康大急：

"皇上！这事绝对不能再有变化，紫薇是个死心眼的姑娘，皇上对她应该非常了解了，万一有变化，臣和紫薇，都会承受不起！"

"我和小燕子也是这样！"永琪急忙接口。

乾隆见两人情急，就叹了口气。

"你们也别着急，目前，情势还在朕的控制之中，料想短时间之内，不至于有变化。可是，老佛爷对于小燕子的不学无术，耿耿于怀。朕也很奇怪，她的学问，怎么一点进展都没有？就连几句成语，都会曲解得乱七八糟！"

"儿臣一定想办法，让她进步！"永琪保证地说。

尔康心中疑惑，不能不问：

"皇上！老佛爷对小燕子不满，还说得过去，但是，紫薇温柔娴静，知书达理，为什么也得不到老佛爷的宠爱？"

"老佛爷固守传统规矩，紫薇的出身，是老佛爷的大忌。这……都是朕害了她！"乾隆深思地看着尔康，忽然问出一句话来，"如果，朕让你同时拥有娥皇、女英，如何？"

尔康一怔，困惑地说：

"臣不明白！"

乾隆盯着尔康，郑重地问：

"你想，紫薇和晴儿，能不能和平共处？"

尔康大震，踉跄一退，张口结舌。

永琪也大惊，看着尔康。

半晌，尔康深吸了一口冷气，说：

"皇上！请您明察，臣和紫薇生死相许，她在臣心中，是独一无二的！臣不敢误了晴格格，更不能辜负紫薇。皇上一定要为臣做主！"

"你的心事朕明白，紫薇的幸福更是朕最关切的。"乾隆沉吟地说，"但是，有的时候，人生必须面对选择，两者共存，比一个都没有，还是略胜一筹吧！何况，这王室子弟，哪一个不是三妻四妾呢？"

尔康惶恐后退，一抱拳说：

"皇上！臣以为万万不可！虽然，王室子弟都有三妻四妾，但是，我只要紫薇一个！我实在没有办法，把唯一的一份感情，剖成好几份！"

乾隆一怔，这种说法，对他来说非常新鲜。他深深地看了尔康一眼，有些困惑，就烦恼地挥了挥手：

"你们退下吧！朕再来想想办法！不过，紫薇和小燕子，也要在老佛爷面前有所表现才行！你们看晴儿，就把老佛爷收得服服帖帖！老佛爷喜欢怎样的姑娘，就很明白了！"

永琪赶紧回答：

"是！儿臣明白了！一定想尽办法，让小燕子的学问突飞猛进！"

两人从御书房出来，情绪真是混乱极了。尔康脸色发青，神色仓皇，说：

"怎么会冒出一个'娥皇、女英'的建议出来？简直不可思议！"

"谁教你这么优秀，人人喜欢？"

"不要再嘲笑我了！我快急死了！"尔康跺脚说。

"你急死？我才急死了！"永琪嚷着，"我觉得你的问题还小，了不起你两个都要。我的问题才大，你看，小燕子的功课，到底有没有希望？"

"她那么聪明，怎么会没有希望？何况紫薇天天跟她在一起，从今天起，只要听到她说错了成语，大家就纠正她！然后，给她恶补！事在人为！"

永琪就拼命点头，说：

"对！给她恶补！我的那本《成语大全》，已经编得差不多了！先从成语教起！就这么办！"

"你的问题，一本《成语大全》、一本《唐诗三百首》，大概就解决了。我的问题，才是头痛极了！"尔康忽然站住，正色地警告永琪，"五阿哥！你在紫薇面前，千万不要提到晴儿的事！免得她胡思乱想，又会伤心起来！"

"我知道！以前一个采莲，我都满头包了！我懂。你放心吧！"

"我放心？我怎么能放心呢？"尔康忧心忡忡。

"我也是！好烦恼啊！漱芳斋一屋子的伤兵，都还没好，怎么禁得起再有风风浪浪？"

"还有那个蒙丹和香妃！我们真是千头万绪啊！"

两人对看，真是隐忧重重。

乾隆也是隐忧重重。对于漱芳斋一屋子的人都挨了打，实在心痛极了。

这天晚上，批阅完了奏章，已经很晚了，他仍然抽空来到漱芳斋。

紫薇和小燕子，看到乾隆这么晚还来，心里有说不出的惊喜，也有说不出的委屈。乾隆左手拉着紫薇，右手拉着小燕子，怜惜地看着两人，柔声地说：

"两个丫头，又受委屈了！"

紫薇眼圈一红。小燕子眼泪一掉。紫薇轻声说：

"皇阿玛，是我们的错，不管怎样，我们都不该化装成小太监溜出去！"

小燕子却不服气地嚷着说："就算我们有错，金琐、明月、彩霞她们有什么错？小邓子、小卓子又有什么错？老佛爷是'佛爷'呀！打起人来，眼皮都不眨一眨！"越想越难过，抓住乾隆的衣袖擦眼泪："他们大家为我挨打，我眼睁睁站在旁边不能救，我真的难过得要死掉！"

乾隆看着二人，好怜惜：

"别伤心了！老佛爷的脾气，就是这样的！你们受一次苦，也应该学一次乖！怎么总是出状况呢？药都吃了吗？明天，朕再宣太医来给大家瞧瞧！"

"不用宣太医了，大家都还好！药也吃了！什么紫金活血丹、白玉止痛散……能吃的通通都吃了！现在，都已经睡下了。"紫薇感动地说。

"你们两个，已经挨了打，受了好多委屈，朕实在不忍心再来说你们，可是，你们自己，也太大胆了。你们是格格呀，住的是皇宫呀！和一般老百姓毕竟不一样，怎能想做什么就做什么，一点顾忌都没有！以前小燕子化装成小太监跑出门去，回来也是要受罚！明明知道不可以，你们为什么一定要做？"乾隆心痛地问。

紫薇吸了吸鼻子，说道：

"皇阿玛！你今晚来看我们，对我们说了'受委屈'三个字，你带给我们的温暖和安慰，真的不是一点点！每次我们闯祸，你总是千方百计来给我们解围，我真的好感动！你说得对，我们是明知故犯，怪不得老佛爷生气！以后，我们一定注意，不再闯祸了。"

乾隆凝视紫薇，想到太后的"悔婚"，心里就乱了。

"你真是一个懂事的孩子！我相信，你也是一个心胸宽大的孩子，人生有些事情，是无可奈何的，自己看得开，才会有幸福！"他语重心长地说。

紫薇听得糊里糊涂，不知道乾隆所指。但是，很被乾隆温柔的语气感动着。

"紫薇谨遵皇阿玛教诲！"

"皇阿玛！那以后我们要出去，到底该问谁？化装出去会挨打，问令妃娘娘，她都不答应。难道，我们就一辈子关在这个皇宫里了吗？"小燕子忍不住问。

"这个皇宫这么可怕吗？为什么一定要出去？"

"我就是想出去嘛！我是'小燕子'，关在笼子里，会死掉的！"

"胡说八道！左一个'死掉'，右一个'死掉'，说话要忌讳，不许再说'死'字，听到没有？你是朕宠爱的'小燕子'，长命百岁，怎么会'死掉'呢？"

小燕子听到乾隆这样说，心里温暖极了，感动极了，依偎着乾隆问道：

"皇阿玛，你还是很喜欢我吗？最近，我闯了好多祸，老佛爷看到我就像看到仇人一样，我又……很不乖就对了！我以为……皇阿玛已经不喜欢我了！"

"傻孩子！如果朕不喜欢你，这么晚了，还会过来看你们吗？不管发生什么事，你们两个，在朕心目中的地位，都不会动摇的！"乾隆诚挚地说。

"哇！我会幸福得死掉！"小燕子含泪又带笑地喊。

"又是'死掉'？这个毛病，也改不了呀！"乾隆直摇头，正视两人，郑重地警告，"不过，你们不只要让朕喜欢，也要让老佛爷喜欢呀！不要再任性了！小燕子，你先把你的功课做做好，书念念好！要不然，你的未来，会断送在你自己手上！"

紫薇听了，有些惊怔起来，小燕子却心无城府。

"什么未来？"

"难道你不想和永琪成亲吗？"乾隆问。

紫薇听了，大大地吃了一惊。小燕子却哇啦哇啦叫了起来：

"我正在考虑啊！老佛爷看我不顺眼，又对我这么凶，还打了我屋里的人……不是只有老佛爷有资格生气，我也生气！现在，连出门都不行！我看，我还是回到民间去当'小燕子'。还珠格格也好，还珠郡主也好，都让给别人去做吧！"

乾隆怔了怔，生气地说：

"到现在还要说这种话？连皇阿玛也不要了？"

"我当然要皇阿玛，可是……当了皇家的媳妇，一定规矩更多了，我迟早还是会为了这些规矩，被砍头的！"

"又说'砍头'！你的头，以前没砍，现在就不会掉了！"

"那可说不定！如果我犯了什么天什么大祸，皇阿玛也会原谅我吗？"

"滔天大祸？"乾隆问。

"是是是！"

"你为什么要犯滔天大祸呢？哪里有人一天到晚预测自己要犯滔天大祸呢？"

"我觉得……我就是那种人，明明知道是滔天大祸，我还是会去犯！"

"明明知道，就不要去犯呀！"乾隆啼笑皆非地说，就拍拍小燕子的肩，"好了！料你也犯不出什么滔天大祸来，顶多是化装成小太监溜出门去。"想了想，就慷慨地说道："以后，这样吧！每个月初一和十五，准许你们出门！打扮成普通百姓，或者换个男装，带着人，大大方方地出去！吃晚餐前，一定要回来！好不好？算是朕特许的！"

小燕子和紫薇不禁喜出望外，小燕子跳起身子欢呼：

"皇阿玛！你好伟大！皇阿玛万岁万岁万万岁！"

"皇阿玛，你这么体贴，这么了解，你真是世界上最好的爹！我们不知道应该怎样感激你！"紫薇也笑容满面地依偎着乾隆说。

"不要感激了！如果你们能够让老佛爷喜欢你们，像朕喜欢你们一样，朕就谢天谢地了！"乾隆被两个女孩弄得满心柔软。

小燕子太高兴了，就欢天喜地地说道：

"皇阿玛！你放心，我们会努力去做！就是要我去背诗，我也去背！"

乾隆看看已经夜深了，就转身欲去。

"好了！朕还要去看看令妃！走了！"

乾隆往门口走，紫薇和小燕子欢天喜地地送到门口。乾隆忽然回头说道：

"朕觉得，香妃娘娘非常喜欢你们两个，她从新疆来，在宫里没有朋友，你们没事的时候，就多去几趟宝月楼，给她做做伴吧！"

乾隆说完，掉头走了。门外的太监赶紧打着灯笼前呼后拥。

紫薇和小燕子面面相觑，两人都傻住了。

半晌，紫薇才低低地说：

"皇阿玛这样信任我们，这样宠爱我们，我们却在设计他……我会被老天爷劈死！或者……我们放弃那个计划吧！我不忍心背叛皇阿玛！"

小燕子一把握住紫薇的手：

"不能只想皇阿玛，想想'你是风儿我是沙'吧！"

第十一章

　　紫薇和小燕子再也没有料到，他们那个"大计划"，居然在含香那儿碰了钉子。

　　当她们把整个计划告诉含香的时候，本以为含香听完一定非常兴奋，会追着问她们何时实行。谁知，含香听了，半天都没说话，然后，她抬起头来，满眼犹豫地看着她们说：

　　"你们这个办法，我不同意！"

　　"你不同意？为什么不同意？"小燕子惊讶地问。

　　"你们不懂！我是我爹献给皇上的'礼物'，如果我跑了，我爹的一片用心，就全部白费了。皇上一定会大发脾气，派兵去新疆搜捕。那么，我的'和亲'政策，就完全失败了！假若我有逃走的念头，我就不会答应我爹来北京，我既然来了，就不能逃走！"

　　小燕子听得莫名其妙，含香那些大道理，她根本没办法理解，喊道：

"你不要糊涂了！蒙丹已经把你们的故事说给我们听了，我们感动得稀里哗啦，大家都决定为你们豁出去了，怎么你反而婆婆妈妈起来！"

"我不能背叛我爹，不能背叛我对阿拉发过的誓言！"

"你好矛盾！一方面想要为你爹尽孝，为你的族人尽忠，一方面又放不开蒙丹，要为蒙丹守身如玉！你知道吗？你想两者共存，是绝对不可能的事！"紫薇说。

"可是，你上次说，你们在努力，让皇上放了我！"

"那个想法太天真了！这些日子，我看着皇阿玛赐你这个，赐你那个，看到他看你的神情，只要你笑，他就高兴得什么似的……我已经看明白了！他不会放掉你的！我们那个赌，一定会输！"

"可是，你说过，皇上是个仁慈的人，有一颗宽大的心！"

"我是说过！但是，他对我们宽大，对我们仁慈，那是因为我们是他的女儿。对于你，他完全是另外一种身份，他变成一个充满占有欲，也充满征服感的男人，这个'男人'，让我觉得好危险！"

小燕子急忙接口：

"是是是！你不要这样那样地搞不定了。跟在皇阿玛身边，你又这个也不愿意，那个也不愿意，总有一天，你会被皇阿玛砍头的！"

含香直直地站着，眼神坚定：

"我愿意去试试看！赌一赌皇上的仁慈。你们两个，只要帮我和蒙丹传信，时时刻刻把他的消息告诉我，给他打气，我就感激不尽了。其他的事情，真神阿拉会帮我的！"

小燕子又急又担心，冲口而出：

"你那个真神阿拉，到了我们中国，说不定水土不服，说不定给我们的菩萨收服了！搞不好什么忙都帮不了你！"

"不会的！它已经把你们两个送来给我了！"

含香说完，就走到窗前，推开窗子，仰望天空，用回语高声祷告上苍。风吹起她的衣服，她看起来飘飘若仙。

紫薇被含香感动了，说服了，眼睛闪亮地看着小燕子：

"或者，天意要让我们赌一赌！说不定，那个阿拉真的在我们四周，帮助着我们！如果能够不背叛皇阿玛，而解决含香的问题，那就是我最大的期望了！"

"可能吗？"小燕子怀疑地问。

她们同时去看含香，含香虔诚地站着，那种虔诚，似乎连天地都感动了。

紫薇和小燕子也被深深地感动了。是啊！天下没有不可能的事！

天下没有不可能的事！永琪也是这样想，所以，他编了一本《成语大全》，这天，和尔康一起来漱芳斋，预备给小燕子上课。"上课"是名正言顺的事，理由充足，不用躲躲藏藏，两人就大大方方地向漱芳斋走来。尔康看着那本厚厚的册子，充满同情地说：

"编了这么一大本书，我看你也够辛苦！这本《成语大全》，你觉得有用吗？"

"一定有用！非要有用不可……"

永琪话没说完，尔康忽然看到漱芳斋外面，有个面孔很生的太监在伸头伸脑。

尔康心中一动，大叫：

"什么人？你给我站住！"

尔康一面喊，一面飞蹿过去，要抓那个太监。谁知，太监竟然会武功，身手利落地飞身而起，往绿荫深处奔逃。众人大喝一声：

"往哪儿跑？"

永琪把手里的册子丢在地上，飞蹿过去拦住了太监，立刻一拳打去。那个太监不敢迎战，回头要跑，尔康早已挡在对面，一脚踹了过去。

那个太监眼看腹背受敌，就飞身而起，上了树。

尔康哪里肯放掉他，也拔身而起，追到树上，和那个太监大打出手。太监看着情况不妙，又跃下树来，永琪再扑了上去。三人就这样交起手来。谁知，那个太监的武功不弱，三人打得团团转。这样一阵打闹，惊动了漱芳斋，把小燕子引出门来了。

小燕子一看到尔康、永琪和人动手，立刻摩拳擦掌：

"有奸细是不是？我就知道我这个漱芳斋闹贼！小贼！看你往哪里跑！"

小燕子一面喊着，一面飞蹿出去。

这时，尔康已经一把抓住了那个太监的衣领。不料，小燕子飞蹿而来，竟然一头撞上了尔康。

"哎哟！"

尔康手一松，太监又飞逃而去。

永琪急忙伸手去抓，谁知道，小燕子赶到，不由分说地一拳打过去，居然打到永琪的鼻子上。永琪弯着腰大喊：

"哎哟！"

这样一耽搁，那个太监又逃了。

"小燕子！你可不可以安安静静站着不动？"尔康急喊。

"那怎么成？"小燕子大叫，"小贼！你敢跑，我追你一个落花流水！"

小燕子往前一追，正好永琪飞扑过去拦截那太监，太监闪身躲开，小燕子用力过猛，又撞上了永琪。永琪躲避不及，竟然和小燕子头碰了头。这一下撞得不轻，小燕子大叫"哎哟"，手捂着脑袋，摔了一跤。永琪一看小燕子摔了，吓了一跳，顾不得那个太监，急忙来看小燕子。

"小燕子！你怎样？碰到哪里了？给我瞧瞧！"

那个太监乘此机会，逃之夭夭了。尔康还要追赶，奈何已经不见人影。

小燕子从地上爬了起来，对永琪跳脚：

"哎！你怎么不追贼？把他放走了？他是哪儿来的？我再去追！"

"不要去了，人已经跑了！"尔康说。

"跑了？"小燕子直跳脚，"你们两个居然让他跑了！怎么这样没用！你们的武功，都还给师父了？连一个小贼都抓不到！"

尔康啼笑皆非，瞪着小燕子喊：

"小燕子姑奶奶，如果没有你的'帮忙'，这个小贼早就逮住了！"

永琪揉着自己碰痛的额头，说道："就是！就是！也不知道你是在帮我们呢，还是在帮那个小贼？你看看清楚再打呀！"一边说，一边去检查小燕子的额头："哇！不得了，头上撞红了一大块！恐怕又要肿起来了！"

紫薇、金琐、明月、彩霞、小邓子、小卓子都跑了过来。

"怎么回事？有贼？什么贼？"紫薇回头问大家，"我们有丢东西吗？"

"没有啊！"金琐就问彩霞，"你们丢了什么吗？"

"没有！什么都没丢！"

"你怎么知道是贼？他要偷什么东西？偷到了吗？"金琐纳闷地问尔康。

尔康看看四周，心情沉重：

"我不能确定他是贼，我确定的是，来者不善，善者不来！这个太监身手功夫都是第一流的，不是普通人物。面孔很生，从来没有见过。看到我们出手，立刻就逃。如果不是做贼心虚，干吗要逃呢？宫里怎么会出现这样的人物？实在太奇怪了！你们大家，都要提高警觉才好！以后格外小心！高远、高达怎么也不在，去哪里了？"

"早上还在，这会儿不知道去哪里了。"小邓子说。

尔康怕紫薇担心，故作轻松地笑笑：

"算了！别让一个小毛贼，影响了我们的心情！不理他了！大家进去吧！"

永琪拾起地上那本册子。

"对！不要管小贼了！我们办正事要紧！"

"正事？"小燕子好奇地问，"什么是正事？这么厚一本是什么东西？"

"《成语大全》！特地为你准备的！"永琪笑着说。

小燕子看着那本册子，一肚子的狐疑，大家就走进了漱芳斋。

进了大厅，永琪就把那本手写的《成语大全》，摊开地放在小燕子面前。

"这本《成语大全》，是我为你特别写的。里面都是一些比较常用、比较浅的成语，我从'一'字头开始编，大概搜集了三千多个成语！你赶快把它背下来！"小燕子吓得跳了起来：

"什么？三千多个成语？我哪里背得出三千多个成语？你饶了我吧，不要折腾我了！我对抓贼比较有兴趣！"说着，还不停伸长脖子去看房间外面。

"贼已经跑了，不用抓了！"紫薇把她按在椅子里，热心地说，"小燕子，看在五阿哥'用心良苦'上，你也不能泄气，一定要学！'用心良苦'就是'用心用得好苦'的意思！"她故意说了一个成语。

"那为什么要说'用心良苦'？说'用心用得好苦'不就好了？"

"那不是很啰唆吗？"尔康也来帮忙，"中国人喜欢用很少的字，表示很复杂的意思！你学了之后，就会发现中国文字'妙不可言'！'妙不可言'的意思就是'妙得不得了，讲都讲不出它的好处'！"尔康也故意用了成语。

小燕子大叫："哇！我要疯了！你们这样搅和我，我会连说话都不会了！"想想，又说："其实四个字的话我也会说好多呀！像是'落花流水''要头一颗，要命一条''莫名其妙''岂有此理''乱七八糟''胡说八道''气死我了'……"

尔康急忙更正：

"'气死我了'不是成语！'要头一颗，要命一条'也不是成语！"

"管他是不是，够用了啦！没有学成语，我也活了这么大，从来没有人听不懂我说的话，为什么现在要学这个呢？"

永琪就拉住小燕子的手，恳求地说道：

"算是为我学的，好不好？这皇宫里每个人开口闭口都是成语，只有你不会！人家说的时候，你也听不懂，常常'答非所问'！最起码，我们要弄懂它的意思！学学看嘛，不会很难的！"

"如果你会了，以后和皇上谈起话来，也是成语来，成语去，多有意思呀！老佛爷再要难你，也难不住了！"尔康也积极地鼓励。

"就是呀！你不是答应了皇阿玛，要好好地用功，就是要你背诗，你也会去背吗？"紫薇跟着说。

小燕子看到大家都这么说，显然赖不掉了，就嘟着嘴，无奈地说：

"好嘛好嘛！我学就是了！"

永琪就翻开第一页：

"来！我们先从'一'字开始，你先把这一页的成语念一遍，告诉我们那是什么意思，看看你了解多少。"

小燕子就拿起《成语大全》，苦着脸，去念成语：

"这个'一苦千金'，大概是说'如果有了一千两金子，人就不苦了'！"

尔康、永琪、紫薇同声一喊：

"什么？'一苦千金'？"

"是'一诺千金'！"永琪说，急忙指着册子，对小燕子耐心地解释，"这是一个'诺'字，'诺言'的'诺'，'承诺'的'诺'，怎么会念成'苦'呢？差太多了吧！"

"不是有边念边，没边念中间吗？这半边不是一个'苦'字吗？"小燕子说。

"那是'若'，不是'苦'……算了算了，念下一个好了！"永琪说。

"这个我懂！'一鸟骂人'就是说，一只鸟在树上骂人……"说着，就惊喜起来，"这只鸟和我一定拜了把子，大概也是一只小燕子！"

"一鸟骂人？"紫薇的眼睛张得好大，"怎么有这样离谱的成语？"

"是'一鸣惊人'！"永琪跌脚。

尔康拍拍脑袋，急道：

"小燕子！你不能把每个字都拆开，只念你会念的那部分！"

小燕子扬起眉毛，振振有词地喊：

"谁说的？我也研究了一下，我没念成'一口骂人'呀！其实，一口骂人也蛮通的！只有这个'一名金人'我不懂，为什么是'金人'，不是'银人'呢？那个'金'字我认得，哪有这么多笔画？"

"算了算了，再念下去看看！"永琪放弃"一鸣惊人"了。

"一劳永兔！大概是说一只兔子的故事。"

"一劳永逸！"大家又异口同声喊。

"一丝不句！"小燕子继续念。

"一丝不苟！"大家再喊。

小燕子忽然发现一个成语，惊喊道：

"哎呀……这句好厉害！简直就是皇后和容嬷嬷！"

"哪句？哪句？"永琪伸长脖子问。

"一发千钩！这一定是一种刑罚，一根头发，要用一千个钩子钩起来，你们说多厉害？"

"天啊！是'一发千钧'！"尔康喊着。

"你们又要喊天了，每次我一做学问，你们就开始喊天，喊得我都没有兴趣了！"小燕子不满地噘着嘴。

"不喊天，不喊天！你再看下去！"尔康忙说。

"这个……"小燕子看着册子，没什么把握地说，"这个'一兵之猫'我看不懂。是不是一队猫要和别的猫打架？还是猫要编成军队什么的……"

众人全部傻眼。

"一兵之猫？这可把我给考住了，这是什么？"紫薇问。

"'一丘之貉'啦!"永琪喊。

一屋子的人，差点全部摔到地下去了，大家又是笑，又是摇头，又是佩服，个个匪夷所思地看着小燕子。小燕子眨巴眨巴眼睛，继续和那本《成语大全》奋战。把本子歪着看，倒着看，偏着看，看了半天说：

"这个字有点复杂……'一言九桌'？"

永琪忍不住叫了起来：

"一言九鼎! 这个'鼎'字和'桌'字差了那么多，怎么也会混在一起呢？这是一个'鼎'字，一言九鼎就是说，一句话的分量很重，像九个鼎一样! 说了就不能反悔!"

小燕子听得一头雾水：

"这个'鼎'是什么东西？"

尔康跑进书房，搬了一个"鼎"形的香炉出来。

"这种三只脚的容器，就叫作'鼎'!"

小燕子瞪着那个香炉，恍然大悟地喊：

"那个是'鼎'啊？我叫它'香炉'。为什么说话要像香炉呢？还要像'九个香炉'，这不是太奇怪了吗？"

大家再度傻眼，你看我，我看你。

永琪好泄气，跑到房门口去，一屁股坐在门槛上，用手托着下巴发呆。

小燕子伸伸脖子，觉得好抱歉，忍不住跟了过去，喊："你不要生气呀! 其实'一'字头的成语我也知道很多，偏偏你写的这些我都不知道! 像是一前一后，一胖一瘦，一上一下，一天一夜，一男一女，一大一小，一长一短，一高一矮……"就得意地问："是不是？"

永琪苦笑。

小燕子就一拳打在永琪肩膀上，下定决心地嚷道：

"好了！我答应你，好好地学成语！'一句话就像九个香炉'，说了就不能反悔！怎么样？"

紫薇和尔康互视，忍俊不禁。

永琪看着小燕子，真是笑也不是，气也不是。小燕子就挤到永琪身边坐下，关心地问：

"喂！我那个师父怎么样？"

"他呀！"永琪看着她，故意说了一句成语，"心急如焚！"

小燕子一呆，惊喊：

"心急如坟？他想死是不是？那不成！怎么急，都不能到坟墓里去！"

永琪往门框上一靠，没辙了。

成语学了一个半吊子，小燕子没兴趣了，这天，带着含香逛御花园。

"我们住的漱芳斋往这边走！你一定要告诉维娜和吉娜，把漱芳斋的路认清楚！如果你在宝月楼有任何状况，需要救兵的时候，就让吉娜、维娜来找我们！不管深更半夜，我们都会赶到！"

含香了解小燕子的意思，就回头对维娜、吉娜用回语吩咐。

维娜、吉娜拼命点头，记着路线。

"既然，你已经决定要赌一赌，你就要有'危机意识'！皇阿玛是你的危机，其他的人你也不要轻视，这个皇宫里，没有简单的人物！"紫薇叮嘱着。

正说着，迎面走来了太后和皇后，身边跟着晴儿、容嬷嬷、桂嬷嬷和宫女们。

两路人马遇到了，彼此都非常惊讶。紫薇赶紧请安：

"老佛爷吉祥！皇后娘娘吉祥！"

小燕子不情不愿地跟着说：

"老佛爷吉祥！皇后娘娘吉祥！"

晴儿看到紫薇，忍不住深深地看了她一眼。紫薇接触到晴儿的眼光，想到尔康的话，心中就猛跳了跳，忍不住也仔细地看了看晴儿。

皇后立刻挑起眉毛，稀奇地喊：

"哟！两位格格兴致真好，今天不出去'看菩萨'了？留在宫里陪伴美人啊！两位格格真是机灵，哪儿香，就去哪儿！好像，早上还没去过慈宁宫，给老佛爷请安吧！"

小燕子一听，气不打一处来，怒视皇后，嚷着说：

"是啊！还没去慈宁宫请安，皇后娘娘尽管挑拨吧！最好老佛爷再打我一顿，皇后娘娘才舒服，是不是？"

皇后不说话，只是抬眼看太后，一副"你看吧"的样子。

太后对小燕子实在没好感，一皱眉头：

"小燕子！不许放肆！"

小燕子好气，紫薇急忙拉了拉她的衣服。

含香见到太后和皇后，双手交叉在胸前，行了一个回族见面礼。

"含香见过老佛爷，见过皇后娘娘！"

太后又不高兴了，皱着眉说："香妃！这满人的规矩，你还没学会吗？见了长辈，总得请个安！你这身打扮，也太奇怪了。既然成了大清的妃子，还是入境随俗比较好！"就对晴儿吩咐："晴儿，回头你找些衣裳、鞋子，让香妃换装！"

"是！"

皇后急忙应道：

"臣妾那儿，刚好新做了两套衣裳，还没穿过，如果香妃娘娘不嫌弃，臣妾就让容嬷嬷去拿！"

小燕子又插嘴了：

"老佛爷，香妃娘娘得到皇阿玛的特许，可以不学满人的规矩，不穿满人服装，维持她回人的身份！"

"又是特许？"太后又惊讶，又生气，"她在皇上面前有'特许'，在我面前没有'特许'！是满人的媳妇，就要守满人的规矩！"说着，就斩钉截铁地回头吩咐："容嬷嬷，桂嬷嬷，去把衣裳拿到宝月楼，皇后，你看着她改装！"

容嬷嬷、桂嬷嬷大声应着"喳"，立即转身而去。

"臣妾谨遵老佛爷吩咐！"皇后对太后屈了屈膝，就看着香妃说："香妃，我们这就去宝月楼换衣服吧！"

"含香不能从命！"含香一退，坚定地说。

"什么？"太后不敢相信自己的耳朵。

"《可兰经》说得很清楚，众生平等，没有人可以勉强别人做任何事！"

"《可兰经》是什么？"太后没好气地问。

"那是我们至高无上的经典！"含香回答。

"除了佛经，没有至高无上的经典！"太后更气，"居然敢跟我谈平等，简直不可思议！皇后，我把她交给你了！扒了她那身衣服，我看不顺眼！"

"是！"

紫薇一看，情形不妙，急忙给了小燕子一个眼色。小燕子懂了，一溜烟跑了。

几个嬷嬷就拉扯着含香，回到宝月楼。容嬷嬷很快地拿了一套旗装来，就伙同另外几个嬷嬷，按着含香，强制执行，要脱除她的衣服。

含香拼命挣扎着，喊着：

"我不要！我不要……没有任何人可以脱我的衣服！"

"容嬷嬷！跟她讲讲道理！"皇后趾高气扬地说。

"娘娘，"容嬷嬷阴森森地开了口，"你虽然是皇上封的娘娘，可是，上面还有皇后，皇后可比你大！再上面，还有老佛爷！老佛爷比皇上还大！今天，老佛爷说要扒了你的衣服！皇后娘娘'奉命'办事，奴才就非扒了你的衣服不可！"

"你识相一点，就自己脱掉！要不然，容嬷嬷、桂嬷嬷可不会怜香惜玉，弄痛了你，弄伤了你，也是你自找的！"皇后接口。

含香激烈地反抗，"不行！让开！不要靠近我！不要靠近我……我不脱！说什么都不脱……我生为回族人，死为回族鬼！就是死了，也要穿回族的衣服！"

"那可由不得你！容嬷嬷！不要跟她客气了！"皇后命令着。

容嬷嬷就下手去扯掉含香的面纱，又去扯她的上衣。维娜、吉娜一看不对，用回语大叫着，扑上前来保护。站在一边的紫薇，急得六神无主了。

容嬷嬷和几个嬷嬷，就和维娜、吉娜扭打起来。

含香逃向窗边，容嬷嬷扑了过来，扯住她的头发，把她拉了回来。

"哎哟！不要这样呀！不要……"含香痛得大叫。

紫薇一看，情况不对，急忙对皇后跪下，喊道：

"皇后娘娘！千万不要动手呀！香妃娘娘确实有过特许，您好歹要看皇上的面子，手下留情呀！换衣服事小，扒衣服事大……"

"关你什么事？又要你来说话？"皇后对紫薇咬牙切齿地说，一脚踹向她，"走开！就算你有皇上撑腰，我今天可是奉了太后的命令！"

紫薇被踹倒在地上。几个嬷嬷早已把维娜、吉娜打倒。

容嬷嬷就把含香按倒在地，几个嬷嬷就一拥而上，撕衣服的撕衣服，扯扣子的扯扣子，拉项链的拉项链，脱鞋子的脱鞋子……一时之间，钗钗环环，珠佩首饰，"丁零当啷"地滚了一地。含香惨烈地喊：

"你们怎么可以这样？难道大清不是文明的国家吗？不要！不要……谁都不许碰我，不许碰我……"

紫薇忍不住，扑了过来，伸手去拦众嬷嬷："皇后娘娘！

不可以呀！你赶快让大家住手吧！不要弄得不可收拾呀！"

"你敢说我不可以？容嬷嬷，一起教训！"皇后铁了心。

容嬷嬷就连紫薇一起又掐又打。两个回族妇人，又挣扎着爬过来阻挡，哭着喊着，房里乱成一团。

正在这时，乾隆带着小燕子急步赶来。

"皇上驾到！皇上驾到！"

乾隆一步跨入，只见含香被几个嬷嬷按在地上，衣服已经撕了个七零八落，钗环首饰，全部滚在地上，含香徒劳地挣扎着，披头散发，衣不蔽体。

乾隆大惊，顿时气得发抖，怒喊：

"你们这是在做什么？停止！马上停止！"

众嬷嬷慌忙住手，颤巍巍地跪了一地，磕头大喊：

"皇上吉祥！"

乾隆脸色铁青，瞪着这群嬷嬷，咬牙切齿地喊：

"敢对香妃娘娘动手！你们全体活得不耐烦了？来人呀！通通拉下去斩了！"

一群嬷嬷吓得魂飞魄散，磕头如捣蒜：

"皇上开恩！皇上开恩！"

嬷嬷们就自己打自己的耳光，一面打，一面喊"皇上开恩"。

皇后对乾隆屈了屈膝，振振有词地说：

"皇上！臣妾是奉老佛爷命令，给香妃娘娘换装！难道皇上要反抗老佛爷不成？"

乾隆怒极，一瞬也不瞬地瞪着皇后：

"皇后！你今天扒了香妃的衣服，朕要扒了你的皮！"

皇后大惊，踉跄一退。

这时，含香服装不整地从地上爬了起来，好生狼狈。她低头看看自己，见到自己半裸的身子，顿时感到屈辱已极，简直没脸见人。她忽然飞奔到阳台上，想也不想，就纵身往楼下一跃。

"不好！娘娘跳楼了！"紫薇大叫。

"香妃！"乾隆惊喊。

小燕子像箭一样直射过去，伸手就拉，刺啦一声，拉破了衣服一角，含香已经跃下了栏杆。小燕子什么都顾不得了，跟着纵身一跳，也跳下了楼。小燕子平时的轻功并不怎么好，这天，却表现得可圈可点，出神入化。或者，是含香命不该绝，小燕子伸手一捞，居然捞着了她，小燕子就紧紧地抱住她，两人掉落在地。

小燕子怕含香摔着，就地一滚。半天，才刹住车。

两人睁大眼睛彼此注视，都是惊魂未定。片刻，含香挣扎着爬起身子，坐在地上，痛定思痛，抱着小燕子放声痛哭。

乾隆、紫薇和皇后都追了过来。

乾隆心惊胆战地问：

"怎样？怎样？小燕子，你们都活着吗？"

"是！皇阿玛！我们都没死！"小燕子的回答很有力。

乾隆呼出一大口气来，低头看着两人：

"摔伤没有？"又回头大喊，"赶快宣太医！"

"喳！"太监们飞奔而去。

小燕子扶起含香，自己跳了起来，伸伸手脚。

"幸亏我的武功第一流，要不然就惨了！"小燕子得意起来，拉起含香，"你怎样？有没有摔到哪儿？"

含香掩面而泣。小燕子看了看，放心了。

"皇阿玛放心，香妃娘娘也没事！"

紫薇奔上前去，手里拿着一件披风，披在含香身上，遮住她的身子。在含香耳边，低低说道：

"你答应过我，要好好地活着！无论受了多大的屈辱，不能跳楼啊！"

含香泪眼看紫薇，无言以答。

乾隆就对皇后、容嬷嬷等人跳脚道：

"你们通通滚！让紫薇和小燕子陪着香妃！谁再敢到宝月楼来闹事，我一定摘了她的脑袋！滚！滚！滚！"

皇后恨恨地看着含香等三人，一屈膝，掉头而去。

众嬷嬷吓得屁滚尿流，急忙跟随而去。

第十二章

香妃闹了一场跳楼，毫发无伤。然后，还是穿着她那身回族服装。太后的"换衣"命令，完全没有发生作用。这件事，对太后而言，是一个不小的刺激。居然，一个皇太后，却拿一个妃子无可奈何！太后在脸上心上，都下不来台。再加上皇后和容嬷嬷在一边加油加酱，煽风点火，太后想起来就恨：

"皇上最近是怎么了？先莫名其妙地封了一个还珠格格，再莫名其妙地认了一个紫薇格格，现在，又莫名其妙地迷上一个香妃娘娘！这三个女人把整个皇宫弄得鸡飞狗跳！这真不是大清的福气，不是皇上的福气！我就弄不明白，她们三个，怎么会连成一气呢？"

但是，晴儿却有晴儿的说法。看着太后，她诚挚地说道：

"那两位格格，来自民间，跟咱们长在宫里的格格，当然不一样。那个香妃娘娘，来自回疆，跟咱们的规矩，当然也不一样。她们三个，却有一个相同的地方，在这宫里，都是'与众不同'的。这份'与众不同'，说不定就把她们凝聚在一起了。这是另一种'同是天涯沦落人，相逢何必曾相识'！"

太后想了想，觉得晴儿的分析也有道理。

"依晴儿说，这个香妃，不肯换旗装，连我的命令都敢违抗，我们应该怎样惩罚她才好？"

晴儿抬着那对清澈的眸子，坦白地说：

"老佛爷，今天，我在御花园，看到两位格格穿着红衣裳，香妃娘娘穿着一身白色回族装，觉得那个景象，好看极了！这个皇宫里，有个回族女人走来走去，可以变成'皇宫一景'！咱们就像看西洋镜一样，有什么不好呢？您老人家一定要追究，为了一件衣裳，伤了皇上的心，不是因小失大吗？"

太后恍然大悟：

"是呀！晴儿言之有理！为了一件衣裳，伤了母子感情，也太不值得了！"

太后就在晴儿的轻言细语下，把自己的"下不来台"，给硬走下来了。但是，从此，含香和太后之间，这个疙瘩，却再也无法抹平了。

太后耿耿于怀，乾隆也是心事重重。

乾隆不只为了香妃操心，他也为紫薇和小燕子操心。太后拿香妃无可奈何，就把目标转到紫薇和小燕子身上。这两对小儿女的婚事，成为太后最关注的目标。乾隆知道，他的"拖延"政策，迟早会拖不下去。但是，那两对有情人，却深陷在一片痴情里，整天还在做一些"情有独钟"的春秋大梦。

这种情况，真让乾隆急在心里。

这天，乾隆把紫薇、小燕子、永琪、尔康全体叫进了书房。

乾隆低着头在看一篇文章。后面太监环侍。尔康、永琪、紫薇、小燕子一溜站在书桌前面。乾隆看完文章，抬头看着四人，正色地说："坦白说，自从老佛爷回宫，宫里出了许多事情，朕心里也不太痛快。你们几个的幸福，一直是朕心里的大石头。小燕子和紫薇，救香妃有功，朕也放在心里。可是……"他看着紫薇和小燕子："你们一直不能得到老佛爷的喜爱，却是朕的心头大患。"

四个人都震动了，紫薇就惭愧地说：

"皇阿玛！你不要太操心了，我明白了。以后，我一定常常去慈宁宫，晨昏定省，让老佛爷高兴。"

紫薇的"晨昏定省"四个字，对小燕子来说，实在太深了。小燕子听也没听清楚，解释倒是接得很快，她瞪着紫薇，吃惊地说：

"你想'成婚''定心'了？'成婚'去慈宁宫干吗？我看老佛爷根本不想要你'成婚'！你去也是白去！"

小燕子这话一出口，紫薇大窘，尔康惊讶得睁大眼睛，永琪一脸的啼笑皆非。乾隆瞪着小燕子，一叹："你真是朕的'大麻烦'呀！"说着，他看看其他三个："你们不是在教她成语吗？不是在给她补功课吗？"

永琪、尔康拼命点头：

"是是是！"

乾隆就把正在阅读的那篇文章递给小燕子。

“小燕子！纪师傅今天交给朕一篇奇文，这是你写的吗？”

小燕子拿起文章看了看，心知不妙，勉勉强强地点点头。

“是！”

“你把它念出来给大家听听！”

“我看，还是不要念吧！”小燕子又缩脖子，又扭身子。

“朕要你念，你就念！赶快念！”乾隆命令地说。

小燕子没辙了，拿起那篇文章，噘着嘴说：“念就念！这篇文章的题目叫作‘如人饮水’。”念了题目，就抬头看乾隆，很无辜地说：“皇阿玛！你不能怪我，纪师傅出题目，出得奇奇怪怪，我弄了半天，才知道‘饮水’就是‘喝水’！”

乾隆瞪她一眼：

“弄清楚之后，你写些什么呢？”

小燕子就拿着文章，清清嗓子，念道：

“人都要喝水，早上要喝水，中午要喝水，晚上要喝水。渴了当然要喝水，不渴还是可以喝水。冷了要喝热水，热了要喝冷水。春天要喝水，夏天要喝水，秋天要喝水，冬天还是要喝水……”

小燕子一篇文章没有念完，紫薇、尔康、永琪已经憋笑憋得脸红脖子粗。

小燕子一本正经继续念：

“男人要喝水，女人要喝水，小孩要喝水，老人还是要喝水。狗也要喝水，猫也要喝水，猪也要喝水，人当然要喝水……”

大家再也憋不住，笑得东倒西歪。

乾隆也忍不住了，站起身来，又笑又骂：

"你这样'喝水'，淹死了孔老夫子，淹死了纪师傅，气死了朕！你知不知道，这'如人饮水'四个字，下面还有一句话？下面那句才是主题！"

小燕子一怔：

"下面还有一句话？"

"你把下面那句话说给朕听听！"乾隆说。

小燕子急忙去看永琪。

永琪赶紧作嘴形，无声地说"冷暖自知"！

小燕子听不清楚，再去看尔康。

尔康也作嘴形说"冷暖自知"！

紫薇趁乾隆转身，赶紧在小燕子耳边飞快地轻声提示：

"冷暖自知"！

小燕子听得糊里糊涂，半信半疑，嗫嗫嚅嚅地说：

"下面一句是……'冷了蜘蛛'？"

乾隆瞪大眼：

"啊？'冷了蜘蛛'？还'烫了蜻蜓'呢！朕打你一百大板！"

小燕子急忙一退，嚷嚷着说：

"皇阿玛！这个做学问，真的好难啊！喝水就喝水嘛，还要作文章，这不是太无聊了？我想得出来的喝水，通通写上去了，本来我还要多写一点，可是好多字都不会写……只好马马虎虎交差了。"

"幸亏你'马马虎虎'交差了，否则，整个北京城都给你淹了！"乾隆说。

小燕子噘着嘴，不敢说话了，一脸的不服气。

紫薇、尔康、永琪面面相觑，又要忍笑，又是着急。

乾隆在房里走来走去，站住，问永琪：

"你们不是在教她吗？到底在教些什么？"

"只有教成语！"永琪慌忙回答。

"只有教成语？那，朕就考考你的成语！"乾隆精神一振。

"啊？还要考我啊？"小燕子大惊。

尔康好担心，急忙说道：

"启禀皇上，只教了最浅的！"

"朕就考你几个最浅的！"乾隆想了想，问，"上次朕说了一句'阳奉阴违'，你接了一句乱七八糟的话，现在，你懂了吗？什么是'阳奉阴违'？"

小燕子转着眼珠，拼命想。想了半天，明白了：

"'羊缝鹰围'啊？大概是说有危险的时候，羊就钻到石头缝里去了，老鹰比较凶，就围过来攻击敌人……"

紫薇、尔康、永琪都睁大了眼睛，又惊又急。

乾隆匪夷所思地看着小燕子：

"哈！这样啊？如果有石头缝，你钻过去算了！"

小燕子知道又闹笑话了，哼哼唧唧地说：

"如果有石头缝，我是很想钻啊！"

"再考一个！'三十而立'什么意思？"乾隆问。

小燕子又傻了：

"三十而立？哪个'立'字？"

紫薇低低提示：

"'立正'的'立'，'站立'的'立'。"

"哦！是不是三十个人排排站？"小燕子大声问。

乾隆拼命点头：

"三十个人排排站！好，解得好！那么，'不择手段'是什么意思？"

"这个我知道……"小燕子总算听懂了一个，就很有把握地，欢声说道，"两个人打架，有个人的手很脆弱，不用'折'就'断了'！"

乾隆眉头一皱，大骂：

"你的手，才不用折就断了！那么，'晓以大义'总懂了吧！"

小燕子没有把握了，这个小什么大什么，好像常常听到：

"晓以大义……晓以大义……"突然想明白了，"是'小蚁大蚁'是吧？"眼睛一亮："'小蚁大蚁'是不是小蚂蚁碰到大蚂蚁，两队蚂蚁就大打了一架？"

紫薇、尔康、永琪面面相觑。

乾隆眉毛抬得高高的："'晓以大义'是小蚂蚁碰到大蚂蚁，打了一架？厉害！小燕子，你真厉害！朕对于你，真是佩服得五体投地呀！"突然想起来，又问："这'五体投地'你知道是什么意思吗？"

小燕子拼命点头，可怜兮兮地说：

"知道。"

"你知道？什么意思呢？"乾隆睁大眼睛，好惊讶。

小燕子眨巴眼睛，怯怯地说：

"就是说我闹了笑话，害得五个人的身体，都笑得摔到地上去了！"

乾隆一怔，忍不住哈哈大笑了。

"哈哈！朕虽然千头万绪，烦恼重重，你的'成语妙解'，还是能让朕开怀一笑。只是，老佛爷听了，恐怕要让你'不折手断'了！"就对小燕子一凶，"你，到底要让朕怎么办呢？"

小燕子看着乾隆，不相信地问：

"都……不对吗？一个都不对吗？"

"你认为对不对呢？"

永琪就急忙上前一步，说道：

"皇阿玛！您不要烦恼了，小燕子的功课，有我们大家来努力，假以时日，一定会进步的！"

乾隆挥挥手："好吧！你们去继续努力吧！朕看，这简直是个大工程！"他在室内踱了几步，烦恼地摇摇头："算了，不谈小燕子的功课……"又忽然抬头看着尔康，正色地问："上次，朕和你谈的话，你有没有认真地想一想？"

尔康大惊，脱口喊了一声：

"皇上！"

乾隆盯着他，再看看紫薇：

"你最好认真地想一想！跟紫薇也商量一下！"

尔康大震，脸色立刻变白了，紫薇满腹狐疑，转头惊怔地看着尔康。

四个人从御书房出来，紫薇就气急败坏地追问尔康：

"皇阿玛是什么意思？他要你认真地想什么？跟我商量什么？"

"没有什么！"尔康还想掩饰。

"怎么没有什么呢？明明就有嘛！"紫薇急得不得了，"你为什么不说呢？难道要我去问皇阿玛吗？赶快告诉我呀！"

小燕子好不容易摆脱了问功课，就活泼了起来，嘻嘻哈哈地起哄：

"就是嘛！尔康最不坦白了！一天到晚神秘兮兮的，一定有秘密！大概他惹了什么麻烦，不敢告诉紫薇！"

尔康心里本就有事，这一下急了：

"我哪有？我哪有？你别胡说！"

永琪觉得事态严重，拍了拍尔康的肩：

"我看，皇阿玛不是在开玩笑。上次他说的时候，好像只是一个'提议'，可是，现在好像已经是一个'决策'了！尔康，你瞒不住了，还是告诉紫薇吧！"

尔康一听，就又是痛苦，又是激动地嚷：

"什么提议？什么决策？我通通不要呀！哪有这样不合理的事，没有得到我的同意，就把'提议'变成'决策'了？"

紫薇更急了，瞪着尔康，一跺脚：

"到底是什么事？你要把我急死吗？"

小燕子也瞪着尔康，转着眼珠说：

"该不是你惹了什么风流债吧？"

小燕子一句话歪打正着。尔康急得脸色苍白。

"什么风流债？"他四面看看，拉着紫薇说，"不要在这儿说，我们回漱芳斋去，到了漱芳斋，我再告诉你！"

紫薇看着尔康，一脸的惊疑。

小燕子觉得严重了，看永琪，小小声地问：

"到底是什么？他真的有风流债呀？"

永琪默然不语。紫薇看看永琪，看看尔康，整颗心都吊起来了。

大家回到漱芳斋，金琐、明月、彩霞都围了过来。

"皇上把你们叫去，有什么事没有？"金琐问。

尔康看着大家，环室一抱拳，急急地对大家说道：

"对不起！能不能请你们都出去一下，让我和紫薇单独谈一谈！"

"我不要，你的秘密，我也要听一听……"小燕子喊。

小燕子话没说完，永琪一拉小燕子，把她拉到房门外面去了。

金琐就充满疑惑地，和明月、彩霞全部退了出去。金琐细心地带上房门。

房间里只剩下尔康和紫薇。尔康往前一迈，伸手把紫薇的手紧紧地握着。他的双眼，深深地注视着紫薇，恳切地说：

"首先，你一定要相信我，这件事只是皇上的提议，我也是前两天才听皇上说，当时，我就对皇上表示'万万不可'，我根本没有同意。不知道为什么今天皇上又提起。我想，我要找一个机会，跟皇上恳切地谈一谈！"

紫薇盯着他的眼睛，心往地底沉去。

"'首先'已经讲过了，'主题'到底是什么？"

"是……是……"尔康说不出口。

"你说啊！是什么？不要吓我嘛！"

尔康实在没办法，冲口而出：

"是……晴儿！"

紫薇大震。

"晴儿怎样？"她的呼吸急促了起来，"你快说呀！"

"皇上要效法'娥皇、女英'，把晴儿也许给我！"尔康只好说了。

紫薇如遭雷击，踉跄一退。

尔康赶紧扶住她，急得六神无主了。握紧了她的手，他心痛地、焦灼地说：

"紫薇！你知道我的，心里除了你，还是你！我连金琐都不愿意收，何况是晴儿？这事，绝对不是我的意思，那是不可能的！到底怎么会冒出这样一个提案，我真的不明白。可是，我的意志很坚决，我不会同意的，绝对绝对不会同意的！你要相信我！"

紫薇的脸色变白了，眼神黑黝黝地盯着他。

"怪不得，那天皇阿玛对我说，要我宽大一点，看开一点，我现在全明白了！"

"皇上也跟你提了？"尔康更加心惊肉跳了。

紫薇一瞬也不瞬地看着尔康，对他不信任地摇头，心碎地说：

"你还敢告诉我，你和她没有'过去'？"

"哪里有'过去'嘛！我和你才有'过去'！在幽幽谷的

'过去'，在宗人府的'过去'，在学士府的'过去'，在皇上遇刺时的'过去'……和这些'过去'比起来，什么都不算'过去'了！"尔康情急地喊。

紫薇不相信，一气，挣脱了尔康，就往卧室跑。

尔康慌忙拉住她，把她紧紧地箍进怀里，喊着说：

"你不要跟我生气，这不是我的错呀！你这样生气，我就心慌意乱，更不知道该怎么办了！"

紫薇盯着他，眼泪往眼眶里冲：

"自从我第一次见到晴儿，我就知道你和她之间有问题，你们骗不了我，每次你们对看，眼光都怪怪的。我是女人，我了解女人，我爱过，我了解爱……你不要再骗我了！"

尔康急了，大声说：

"你这样不信任我，对我简直是一种侮辱！"

"上次你就这样堵我的口！现在，你又来了！"紫薇更气，"你明知道，你跟我一发脾气，我就没办法了……已经到了这个地步，人家都要嫁你了，你还要对我凶，我……我……"就挣扎着，想挣开尔康的手："放开我！不用这么为难了，你去娶晴儿吧！反正，老佛爷看我也不顺眼，根本不想承认我……"

尔康抓住她的胳臂，摇着喊：

"你要不要讲理？"

"我不要讲理，不要讲理，这个时候，还有什么理可讲？我也不要风度，不要宽大，不要看开……"紫薇崩溃地喊着，拼命摇头，"不要，不要，不要！我什么都不要……都不要！"

尔康用手捧住她的头，稳定着她，哑声地问：

"你什么都不要，你还要不要我呢？"

紫薇眼泪一掉，心碎肠断了：

"我哪里要得起你！好不容易，认了爹，进了宫，还要和晴儿共有一个你，我宁愿不要！"

尔康盯着她：

"在幽幽谷，你对我说过，做妻做妾，做丫头，做奴婢，你都愿意！"

紫薇一怔，心里更痛：

"当时，没有事实在眼前，说大话好容易！现在，有一个晴儿，那么优秀，那么聪明，那么漂亮，那么有人缘……我嫉妒她！我发疯一样地嫉妒她！我不要……不要……"

紫薇推开了尔康，拔腿就跑。

尔康飞快地一拦，把她抱住，在她耳边喊道：

"爱你爱到这个地步，还忍心让你做妾，做丫头，做奴婢吗？我故意这样说，只是要你也体会一下，我一直强调的那种'唯一'！我想，直到现在，你才真正明白了！我们两个之间，是什么人都插不进去的！"

尔康说着，就低下头去，紧紧地吻住了她。

紫薇挣扎了一下，就融化在尔康的热情里。

一吻既终，紫薇抬起泪雾迷蒙的双眼，心碎地瞅着尔康。

尔康热烈地，诚挚地说：

"我们的路走得好艰苦，每次都是一波未平，一波又起！但是，请相信我，我还是幽幽谷那个我，心里只有你！晴儿的事，让我们再来面对吧！像面对很多困难一样，我仍然深信，人定胜天，事在人为！"

紫薇就小小声地，可怜兮兮地问：

"你和她没有'过去'？"

"没有过去！"

紫薇就张开手臂，紧紧地搂住他，把脸孔深深地埋进他的肩窝里。

第十三章

这天晚上，紫薇失魂落魄地坐在床沿上，神思恍惚。金锁搂着她，难过得不得了。小燕子在她面前走来走去，愤愤不平地嚷着：

"管他什么鹅黄鸭黄，反正你就不能答应，不能心软！皇阿玛不是说，要尔康跟你'商量'吗？可见这个事情还是可以商量的！虽然永琪说，皇阿玛有权利这么做，可是，如果尔康说什么都不肯，皇阿玛还是没办法，对不对？"

紫薇情绪纷乱，整颗心都痛楚着，连平时清楚的头脑，现在也失去了作用，什么都想不明白了。她沮丧已极地说：

"尔康赌咒发誓说，他要拒绝这个安排！可是，我就很怀疑呀……皇阿玛对于我和尔康的事，那么清楚，为什么还要做这样的安排？"

金锁看看紫薇，有件事憋在心里，不能不说了：

"小姐，我想起一件事，不知道该不该告诉你！"

"什么该不该？说呀！"小燕子心急地喊。

"记得你们被老佛爷关进暗房里那天吗？一大清早，我去慈宁宫打听消息，看到晴格格和尔康少爷在假山后面谈话！后来，晴格格先走出来，眼睛里有眼泪，匆匆忙忙地跑了。尔康少爷这才走出来，我急着要救你们，当时觉得奇怪，也没问他……可是，现在越想越不对劲……"

紫薇整个人都震住了。

小燕子立刻沉不住气，跳脚说：

"我就知道尔康靠不住！"

"我想不透呀……"金琐困惑地说，"那尔康少爷，自从认识了小姐，眼里就只有小姐，他不可能还会喜欢别人！"

紫薇盯着金琐，呼吸急促起来：

"你说'喜欢'，你的直觉是，他'喜欢'晴儿？"

"我没有什么直觉，"金琐急忙摇头，"就是觉得像晴格格那样高贵的姑娘，又是老佛爷身边的人，怎么会和尔康少爷躲在假山后面？可是，后来我又想，说不定是尔康少爷急了，去求晴格格救你们！"

紫薇被重重地打击了，直挺挺地倒向床。

"他骗了我！他还口口声声跟我说没有'过去'！如果没有任何'过去'，晴儿不会眼中带泪，更不会跟他跑到假山后面去！不管什么理由，以晴儿的身份，绝对不会！"

金琐摇着紫薇，着急地说：

"我也弄不清楚，你别生气呀！"

紫薇身子往床里一滚，眼泪就夺眶而出了，哽咽地说：

"自从认识他，我就那么单纯，他说什么，我信什么。现在想来，我是太天真了！其实，我对他的过去，几乎完全不了解！"

金琐好后悔，自己打了自己一下耳光：

"是我多嘴！就是沉不住气嘛！"

小燕子急忙抓住金琐的手：

"你干什么，这又不是你的错！"

金琐竟然眼泪一掉，委屈地说：

"你们不知道……我心里也很不舒服，我没有什么地位可以追问他，我是个丫头呀！就算将来也是他的人，也只是个附件呀！我哪有资格吃醋呢？"

紫薇再度被狠狠地撞击了。

"吃……吃醋？"她坐起身子，呆呆地看着金琐，心脏沉进地底，"附……附件？天啊！我做了什么？己所不欲，勿施于人！我那么忽视你的感觉，我真的大错特错了！"她用手捧着下巴，抬头看着窗外，晴儿，金琐，尔康……她顿时心乱如麻，觉得自己被撕扯得四分五裂了。

金琐困惑地看着她，不知道她话中的意思。

小燕子拍着紫薇的肩，义愤填膺地说道：

"紫薇，不要难过！你还有我呢！如果尔康敢对不起你，我和他没完没了！"

紫薇的眼光定定地看着窗外，在各种复杂的情绪中，不知道身之所在了。

第二天一早，尔康就被小卓子从朝房里叫了出来，说是"紫薇格格有要事找福大爷"。尔康一听，心脏就咚地一跳，不知道紫薇发生了什么事。自从太后回宫，紫薇为了避嫌，从来不主动找他去漱芳斋！他好紧张，几乎是用跑的，来到了漱芳斋。

尔康一进大厅，小燕子就冲了过来：

"尔康！你要有良心，不要欺负紫薇老实，她还有我这个姐姐呢！你欺负了她，我会跟你算账，永远也不原谅你！"

尔康怔着，急忙去看紫薇。紫薇站在窗前，眼光直直地看着窗外。

金琐过来了，眼泪汪汪地对尔康福了一福：

"尔康少爷，我和小燕子出去了！你跟小姐好好地谈！我帮你们看着门。"

金琐就拉着小燕子出去了，细心地关上了房门。

尔康怔忡着，看到紫薇眼睛肿肿的，一副整夜没睡的样子，他的情绪就更乱了。

急急地走到紫薇身边，他问："怎么了？我们昨天不是把话都说明白了吗？又发生什么了？你的脸色怎么这样苍白？夜里没睡吗？"说着，就焦灼地去拉她的手："怎么不看我呢？"

紫薇一下子转过身来，面对着他，重重地说：

"你骗了我！"

"我什么事情骗了你？"

紫薇那黝黑晶亮的眸子，第一次这样充满了怒意，充满了谴责，紧紧地盯着他。

她一个字一个字地说：

"晴儿！你跟我说，你和她没有'过去'，那是假的！我已经知道了，确定了，你和她有一段'过去'！我这么信任你，你居然骗我！"

尔康大震：

"你听谁说了？谁跟你胡说八道？"

紫薇眼光灼灼，声音咄咄逼人：

"是胡说八道吗？你还敢说那是'胡说八道'吗？你还不预备跟我说实话吗？"

尔康在紫薇这样的逼视下，仓皇失措了，就结舌地，吞吞吐吐地说："真的没有什么'过去'……那根本就不能算是'过去'！如果你一定要追究的话，是有这么一段……"他吸了口气，只好说了："三年前的冬天，老佛爷去香山的碧云寺持斋，晴儿跟着去了。有一天，皇上派我去碧云寺，给老佛爷送一些用品。我到了山上，天下大雪，我就困在山上，没办法下山了。那晚，雪停了，居然有很好的月光。我坐在大殿的回廊下看雪看月亮，晴儿出来了，跟我一起看雪看月亮。然后，我们就开始聊天，我非常惊奇地发现，晴儿念了好多好多的书，我们从诗词歌赋谈到人生哲学，谈了整整一夜。"

紫薇定定地看着他。

"就是这样？"

"就是这样。"

"为什么以前不说？为什么昨天不说？"

尔康跌脚一叹：

"因为怕你误会，怕你胡思乱想才没有说。主要的，是觉得没有必要去说，如果特地告诉你，倒好像我跟她有事似的。"

紫薇眼前，立刻浮起那个画面，月光映着白雪，钟鼓伴着梵唱，松枝掩映，雪压重檐……一个像晴儿那样的才女，一个像尔康这样的才子，并坐在长廊下，畅谈终夜！那个有雪有月的夜！那个有诗有词的夜！那一夜，必然镂刻在两人内心深处吧！紫薇的心跳加快，声音冰冷：

"在回廊下看雪看月亮，谈了整整一夜。你说，这不算'过去'！我一再追问你，你都不要告诉我，我们之间，还有真诚吗？那一夜之后，你和她在宫里，在老佛爷的聚会里，总会遇到吧？眉尖眼底，都没有任何交会吗？"

尔康怔了怔，有些生气了：

"你不要这样'欲加之罪，何患无辞'好不好？我心目里的紫薇，是个温柔如水、宽宏大量的女子，什么时候变得这样小心眼？"

紫薇睁大眼睛，痛楚地看着尔康，声音里，再也没有平时的冷静：

"现在，你发现了，我不温柔，我不宽宏大量！我小气，我斤斤计较，我小心眼！我不值得你爱，不值得你娶，你去娶晴儿吧！你既然已经把我看低了，我宁愿从你生命里退出！"

尔康大大地震动了，盯着紫薇：

"你讲真的还是讲假的？"

紫薇眼前，只有那个"月夜"，那个让她心痛的"月夜"！她愤愤地说：

"你走吧！我不要再听你，不要再被你骗！你好好地待金锁，不要再说不要她的话，你已经欠了一大堆的债，如果还想摆脱金锁，我恨你一辈子！"

尔康一听，紫薇俨然已经扣实了他和晴儿的罪，现在，还拉扯上金锁！他百口莫辩，就气了起来，大声地说：

"你这说的是什么话？好像我招惹了晴儿，我招惹了你，我又招惹了金锁……好像我是一个到处留情的浪荡子！你这样误会我，哪里像我深爱的那个紫薇？哪里配得上我这一片心！"

紫薇被大大地刺伤了，声音也大了：

"我是配不上！所以我不想高攀了，行吗？"

尔康气得脸色苍白。心里堵着千言万语，一句也说不出来。为了她，和乾隆争辩，为了她，几乎和整个宫廷作战，她居然如此轻易说出"从你生命里退出"这种话！他傲然地一仰头，大声说：

"行！"

尔康掉头就走，冲出门去，砰然一声，把门摔上了。

紫薇崩溃了，用手蒙住脸，心碎地哭了。

房门一开，小燕子和金锁急急地跑了进来。金锁慌乱地喊：

"小姐！小姐！怎么回事？尔康少爷脸色发青，头也不回地走了！你们谈得不好吗？吵架了吗？"

紫薇只是哭，一语不发。

"喂！你们到底怎么了？"小燕子问。

"我们结束了。"紫薇哽咽着。

金琐着急起来：

"什么叫作结束了？你是皇上指给尔康少爷的，怎么结束？"

"皇阿玛也有管不着的事……"紫薇抬起泪眼，看小燕子和金琐，"如果你们对我仁慈一点，请你们不要再对我提他的名字！"看到金琐，她的心更加痛楚纷乱，可怜的金琐，她该怎么办呢？"金琐，你还是可以跟着他！"

金琐心慌意乱地喊："你说些什么？你不跟他，我怎么跟他？我是你的丫头呀！"就抱住紫薇，拍着哄着："小姐，什么都别说了，你现在在气头上，说什么都不算数！等到气消了，我们再谈啊？"

紫薇搂着金琐，不禁泪落如雨了。

小燕子看着她们这样，眼圈也红了，心里好难过。男人，都不是好东西！

小燕子和金琐，不知道如何劝解紫薇，永琪也不知道该如何劝解尔康。

"怎么闹得这么严重嘛！你不是比我沉得住气吗？姑娘家的心思，你不是比我懂吗？你记不记得采莲的事件？那不过是我们在路上援助的一个姑娘，小燕子就气得拿石头砸我的脑袋！那次，你和尔泰还都说我不对！现在，你弄了一个晴儿，虽然不是你招惹的，但是，居然论及婚嫁，你要紫薇怎么受得了？她和你说几句重话，就是吃醋嘛！你不让着她，安慰她，还跟她真生气？"永琪振振有词地埋怨着。

"我当然真生气！"尔康气呼呼地喊，"她跟我这样走过大风大浪，还这么没有默契！算什么知己？怎么共度一生？什么'山无棱，天地合，才敢与君绝！'全是废话！"

"你实在不能怪紫薇呀！你的事情也真多，以前一个塞娅，还好尔泰挺身而出，给你解围！现在又来一个晴儿，谁还能帮你解围呢？你要紫薇怎样？心平气和，温温柔柔，欢欢喜喜地接受晴儿吗？"

"不是！我也不要接受晴儿呀，我一直不要呀！"尔康愤愤不平地说，"紫薇应该了解我，应该跟我站在同一战线，来为我们的未来奋斗，不是和我吵架，派我的不是！我已经好话说了一大车，她还是这样误解我，我怎么能不气呢？"

永琪在屋子里兜圈子，想办法，往尔康面前一站，说：

"听我说！后天就是十五，皇阿玛允许她们两个出门。我去跟小燕子说好，要她鼓动紫薇，一起出门去看蒙丹。到了会宾楼，你找个机会，跟她好好地谈，把误会通通解释清楚！怎么样？"

尔康一甩头：

"我不要解释！她既然说得出'从你生命里退出'这种话，我还低声下气，为我没有犯过的错误认错……我也太没骨气了！太没男儿气概了！爱得这么辛苦，我也不如退出！"

"我不管你怎样，反正，后天我们去会宾楼，随你去不去！"

尔康大声说：

"会宾楼我当然要去，我是去看蒙丹，和紫薇没有关系！"

紫薇和尔康的冷战，一直持续到去会宾楼那天。两人自从吵了架，就没有再见面。尽管一个是夜夜不眠，泪湿枕巾，另一个是坐立不安，长吁短叹，两人却都坚持着，谁都不愿意向对方讲和。

　　这天，小燕子、紫薇、金琐都依照乾隆的提议，穿了男装，来到会宾楼。三个姑娘，齿如编贝，肤若凝脂，唇不点而红，眉不画而翠。穿了男装，怎样也不像男人，更加显得俊秀飘逸，引人注目。来的时候，大家虽然共乘一辆马车，气氛却低沉极了。尔康一路上，一句话也没说。紫薇一路上，也一句话都没说。小燕子看到尔康始终不低头，代紫薇气呼呼。金琐心事重重，看着尔康，一肚子狐疑，也是一句话不说。永琪看大家这样，满心无奈，更不知道说什么好。幸好，这段路不长，沉默中，大家到了会宾楼。

　　柳红惊喜地迎了过来，喊着："小燕子！你们终于来了！有人已经等得快要发疯了！"说着，就指指墙边。

　　大家看过去，只见蒙丹已经落发，穿着一身满人的服装，一个人坐在角落的一张桌子上喝闷酒，神情寥落。

　　小燕子立刻跳到蒙丹面前：

　　"喝酒啊？我也要喝！"

　　柳青一迭连声地喊：

　　"小二！添碗筷！把店里最好的酒菜都拿来！"

　　蒙丹看到大家，整个人就活了过来，跳起身子说：

　　"你们总算来了！有没有东西带给我？"

"你也太性急了吧！"永琪打量蒙丹，"嗯，这身打扮，我看起来顺眼多了！"

大家围着桌子坐下。紫薇非常沉默，脸色苍白，尔康也非常沉默，脸色阴郁，彼此连眼光都不接触。金琐不住地看紫薇，又看尔康，急在心里。

店小二忙忙碌碌，酒菜纷纷端上桌。蒙丹看到店小二退下，就急急地问：

"你们跟含香说了吗？那个'大计划'要什么时候执行？我觉得越早越好，这样悬着，我的日子简直过不下去！"

小燕子小心翼翼地从怀里掏出一封信来：

"看信吧！"

蒙丹急忙展信阅读。脸色越看越苍白。看完，就跳起身子喊：

"不！这样不行！"

永琪看他读完了信，立刻把那张信笺拿过来，细心地撕成粉碎，说：

"你坐下，不要引人注意！依我看，你只有暂时按兵不动，照含香的意思试试看！紫薇说，一切并非不可能。如果事情到了不能控制的地步，我们就立刻实行'大计划'！所以，有关计划的一切安排，我们还是一件一件地去做！"

蒙丹看着紫薇，心里有几百个问题要问，急切中，只问了最关心的一个：

"她好吗？"

紫薇一抬眼，不知怎的，竟然滚出两滴泪。

才坐下的蒙丹，又猛然跳了起来，脱口惊呼：

"她不好！"

"怎么回事？这样沉不住气，还能成大事吗？"柳青把蒙丹的身子按住，看紫薇，纳闷而关心地问，"紫薇，你哭什么？"

尔康很快地看了紫薇一眼，那两颗泪珠，绞痛了他的心，却仍然负气转开头。

紫薇马上拭去泪水，哽咽着说：

"没事！"

小燕子已经快要憋死了，急忙插嘴，摇头晃脑地说：

"哎！这世界上有各种各样的人！有人是风儿有人是沙，有人是山，有人是水……有人说了话不算话，有人撒谎像喝白开水一样……"

小燕子话没说完，尔康恼怒地喊：

"小燕子！你说话小心一点！"

小燕子立刻对尔康一凶，大声问：

"你要怎样？和我打架吗？"

永琪又急忙去拉小燕子，说：

"小燕子！你不要再火上浇油了好不好？"

柳红觉得奇怪极了，看看这个，又看看那个：

"你们大家是怎么了？都这样怪怪的？"又去看金琐，"金琐，他们怎么了？"

金琐眼圈一红，眼泪也在眼眶里转：

"我不能说……大家心情都不好。"

蒙丹急得不得了，整颗心都悬在含香身上，看到大家如此，只当含香出了事，大家不忍告诉他。急得心都寒了，就脸色如死地说：

"好了！你们坦白地告诉我吧！含香发生了什么事？不要这样吞吞吐吐了，我受不了这个！是不是含香已经变心了？她被征服了？她放弃了？她不要再跟我了！所以她不要照我们的计划做！是不是？是不是？"

紫薇瞪着蒙丹，想到含香的痴情，还引来这样的误会，想到自己的痴情，却换来尔康这样的冷淡。就话中有话，呼吸急促地对蒙丹说：

"你这样说含香，你是咒她死无葬身之地！你难道没有听说过，痴心女子负心汉！女人都是倒霉的，她已经百般委屈了，你还这么说她！她真是白白为你付出，白白为你痛苦，白白为你守身如玉！"

尔康一怔，恼怒地接口：

"白白付出的绝对不是只有女人！女人是没有理性的，没有原则的！一点默契都没有，一点了解都没有，还配说什么风儿什么沙！"

紫薇听了，又气又恼，端起桌上的酒杯，一仰头，把整杯酒都干了。

"哎！你不会喝酒呀！"金琐要去抢酒杯，已经来不及了。

永琪再也忍不住，对尔康和紫薇说："你们两个退席好不好？有什么话，你们去单独说清楚！不要这样搅和得蒙丹糊里糊涂！"就转头对蒙丹说："你不要胡思乱想了！他们之间有战争，跟你的事没关系！"

柳青、柳红、蒙丹都惊异地看着尔康和紫薇。柳红简直不相信地说：

"紫薇，你在和尔康吵架吗？"

紫薇不回答，心里好难过，端起酒杯，又干了一杯酒。

两杯酒一下肚，紫薇就有些醉意了，拿起酒壶，斟酒，举杯对蒙丹说："蒙丹！对不起，我把你搅糊涂了！你放心，你这样山啊水啊地追随着含香，为她出生入死！这种真情，天地都会动容！含香不会负你的！像你这样的男人，这个世界上，已经绝无仅有了！我敬你一杯！"一仰头，又干了杯子里的酒。

"不要这样呀！"金琐大急，拼命去拉紫薇的手，"你今天是怎么了？少喝一点！身上带了酒味回家，不是很麻烦吗？"

尔康看着这样的紫薇，又是心急，又是心痛，可是，仍然一肚子气，掉头不看。

"大家要喝酒是不是？"小燕子起哄地说，"好嘛！喝就喝，我也喝！管他呢？要头一颗，要命一条！"说着，也干了杯子里的酒。

蒙丹被弄得丈二和尚摸不着头脑。心里的痛苦，更是无法排遣。拿起酒杯，就一饮而尽。说：

"反正，除了喝酒，现在也没办法，是不是？干杯！"

紫薇就站起身子，给每一个人倒酒，倒到尔康面前，就好像没有这个人一样，把他给跳掉。她殷勤执壶，笑容可掬，对大家不住口地说：

"干杯！干杯！干杯……"

这时，旁边一桌，坐了几个大汉，也喝得醉醺醺，不住对紫薇看来。紫薇带着醉意，双颊嫣红，美目盼兮，实在要人不注意都难。一个大汉就对同伴低低说道：

"好漂亮的小兄弟，我赌他是个女的！"

那桌的客人，就叽叽咕咕，对紫薇、小燕子、金琐指指戳戳，品头论足起来。

紫薇笑着，不断地倒酒，不断地干杯。整桌的人，除了柳青、柳红，没有几个是清醒的。一个闹酒，个个响应，全部喝了起来。

终于，隔桌的一个大汉，站起身子，走了过来。笑嘻嘻地，色迷迷地拉了拉紫薇的衣袖：

"这位小兄弟，我们这桌有上好的花雕，来来来，也跟咱们干一杯吧！"

尔康正在一肚子气没地方出，看到大汉一脸的轻薄相，大怒，一拍桌子，直跳起来，一拳就对那个大汉打去，嘴里大骂：

"你吃了熊心豹子胆！居然敢动手动脚，拉紫薇的衣服？"

大汉被这一拳打得飞跌出去，摔到后面一桌的桌子上，桌子垮了，杯杯盘盘，碎了一地。隔桌的几个客人，一见到朋友吃亏，都大叫着扑了过来。

"哪条道上的？敢对本大爷的朋友动手！"

"我要了你们的命！"

尔康浑身的怒火，全部冒了出来，挥拳踢腿，怒发如狂。

蒙丹看到有人欺侮紫薇，还和尔康动手，哪里能够旁观，大喊：

"大胆！过来！你们通通过来！"

蒙丹跳起身子，就参加战争。柳青一看，不能忍耐了，也跳了起来："敢在我会宾楼撒野，吃我一拳！"就一拳打去，把一个客人打得满场摔。

顿时间，大家打成一团。

小燕子已经喝得半醉，看得心花怒放，爬到桌子上面，站得高高地观战，看到满场桌翻椅倒，碗盘齐飞，兴奋得不得了，拍着手叫：

"好玩！好玩！打架我最内行了！看我的！小燕子来也！"

小燕子飞了过去，一头撞在尔康身上，撞得跌倒在地。

"哎哟！哎哟！"

永琪急忙扑过去，拉起小燕子。

"你怎样？"

小燕子摩拳擦掌：

"本姑奶奶想打架！哇……"

小燕子"哇"地大叫着，冲向打成一团的人群。

永琪只得飞身出去，保护小燕子。

于是，整个餐馆，全部卷进战团，只要有功夫的，通通应战，打得稀里哗啦。

紫薇已经醉了，拿着酒杯，笑嘻嘻地看大家打架。越看越高兴，笑得东倒西歪，不时举起酒杯，对满屋子打架的人说：

"干杯！大家干杯！"

结果，紫薇和小燕子喝得酩酊大醉。会宾楼砸了一个乱七八糟。尔康、永琪的衣服上全是汤汤水水……大家在回程的马车里，真是狼狈得不得了。

紫薇、小燕子抱在一起，两人兴高采烈地唱着歌。金琐搂着她们，手里拿了一瓶醒酒药，试图喂给两人喝。紫薇、小燕子哪里肯喝，两人推开金琐，大声唱着：

"今日天气好晴朗，处处好风光……好风光……蝴蝶儿忙，蜜蜂儿忙，小鸟儿忙着白云也忙……马蹄践得落花香！落花香……眼前骆驼成群过，驼铃响叮当……响叮当……响叮当……"

"小姐！小燕子，你们醒醒呀！这样怎么回宫呢？"金琐着急地拍着紫薇的面颊，"小姐！不要唱了……把这个'芙蓉玉露'喝下去吧！是柳青给我的醒酒药……"

永琪看着尔康，看着大醉的紫薇和小燕子，着急地说：

"你看！弄成这个样子，你说怎么办呢？都是你！就不能忍一忍吗？把会宾楼也给砸了，把蒙丹也弄得七上八下，我们这副样子，怎么进宫？我看，还是回到会宾楼，等到她们两个酒醒了再回去！"

尔康看着紫薇，心里已经后悔得一塌糊涂：

"不行！醉成这样，酒醒大概是明天的事了！出来已经好几个时辰，眼看就要天黑了，再不回宫，一定有问题。我们还是从神武门溜进去，马车直接驾到漱芳斋，把她们两个送进门去，我们再走。"

"如果有状况呢？"

"只好我们两个一肩挑，就说我们带她们出去玩，只喝了一点酒，没料到她们那么没有酒力，喝一点就醉了！"尔康说。

金琐还在努力，拿着小药瓶去凑着紫薇的唇，哀求地说："小姐！赶快把嘴张开！来……听金琐的，好不好？来……"

尔康看着徒劳的金琐，按捺不住，起身过去，一把拿过了药瓶：

"让我来！"

尔康就用手捏着紫薇的下巴，强迫她张嘴，把一瓶药水灌进她嘴里。

紫薇立刻呛了起来，又呛又咳，咳得气都喘不过气来，脸上又是汗，又是泪。

尔康盯着她，心里排山倒海般，涌上一阵剧痛。他紧紧地搂住了她，把她的头压在自己的胸口，低低地、悔恨地说：

"我真该死，你一巴掌打死我吧！"

回到漱芳斋，天已经完全黑了。

总算顺利进了宫，马车到了漱芳斋，永琪半扶半抱地把小燕子拉进院子。小燕子大着舌头，笑着嚷嚷："哈哈！到家了！"挥着手大叫："明月！彩霞！快来扶紫薇，她喝醉了！她喝醉了……哈哈……蝴蝶儿忙，蜜蜂也忙……"

永琪急忙把手指放在嘴上。

"嘘！你小声一点！"

小燕子也赶紧把手指放在嘴唇上，眨巴着大眼睛说："嘘！嘘！小声！我知道……小声……"可是说得好大声。

明月、彩霞都跑出来看，吓得魂飞魄散。

"哎呀！格格，这是怎么了？"两个宫女喊着。

小燕子嘘到每一个人的脸上去：

"嘘！小声！小声！嘘……嘘……"

金琐和尔康扶着摇摇晃晃的紫薇跟在后面，走进院子。

小燕子一回头，看到紫薇，就跑过，甩袖请安。

"奴才小燕子叩见紫薇格格！格格千岁千岁千千岁！"

小燕子这一请安，就站立不稳，摔到地下去了。帽子也滚落在地。明月、彩霞慌忙去扶小燕子，被小燕子一拉，全部摔落地。

紫薇看着摔成一堆的几个女子，就咻咻地笑个不停。

就在这时，外面忽然响起脚步声，灯笼照耀，隐隐约约有人声传来。

永琪伸头一看，惊喊道：

"好多灯笼……有人来了，赶快进去！"

尔康更急，拉着紫薇向屋里走：

"紫薇，赶快躲到卧室里去！这个样子，万一给皇后抓到了，麻烦就大了！"

紫薇哪里肯听，甩开尔康和金琐，笑着嚷嚷：

"小燕子！背诗！一定要背！"

"嘘！紫薇，不背诗！唱歌……当山峰没有棱角的时候，当河水不再流……"

大家好不容易把小燕子从地上扶了起来，两个酒醉的姑娘，就笑着闹着唱着拥抱着。她们摇摇晃晃地，不辨方向地要向外走。尔康又急又心痛地低喊：

"紫薇！到房里去唱！你再不走，我就抱你进去了！"

大家正在拉拉扯扯之际，外面传来太监大声的通报：

"老佛爷驾到！皇后娘娘驾到！"

尔康、永琪大惊。永琪急喊：

"不好！老佛爷来了……大家不要拉拉扯扯了！"

大家急忙放开紫薇和小燕子，站直身子，整理衣服。小燕子就危危险险地靠在明月、彩霞身上，紫薇歪歪倒倒地靠在金琐身上。大家惊慌地抬起头来。

只见太后和皇后挺立在面前。容嬷嬷、桂嬷嬷和宫女、太监们跟随。灯笼很快地围过来，把漱芳斋的院子照射得如同白昼。

衣冠不整的几个人，连躲都没地方躲，全部原形毕露。

永琪急忙请安：

"老佛爷吉祥！皇额娘吉祥！"

尔康也急忙请安：

"臣福尔康叩见老佛爷！叩见皇后娘娘！"

金琐、明月、彩霞都赶紧屈膝，喊：

"老佛爷吉祥！皇后娘娘吉祥！"

金琐、明月、彩霞这样一屈膝，小燕子和紫薇顿失倚靠，紫薇就一屁股坐在地上，小燕子跌了一个四仰八叉。

"哎哟！哎哟！哎哟……"小燕子躺在地上呻吟。

紫薇笑着，手足并用地爬过去扶小燕子。

"小燕子，你摔了？你怎么老是摔跤？摔痛了没有？哎哟……"一个不稳，跌倒在小燕子身上。金琐、明月、彩霞顾不得太后了，急忙再去搀扶两人。

太后匪夷所思地看着这一幕，眼睛睁得好大好大。

皇后和容嬷嬷彼此得意地互看。

尔康心里一叹，知道这次的祸，又闯大了。就挺了挺背脊，一步上前，禀道：

"臣罪该万死！今天，是两位格格获准出宫的日子，格格们高兴，央求我和五阿哥带她们到街上逛逛。两位格格不敢引人注意，所以换了男装。逛到下午，大家饿了，就去'太白楼'吃饭，臣不知道两位格格完全没有酒力，只喝了一小杯酒，两人就醉了！"

"老佛爷请不要生气，这都是我和尔康的错！"永琪也急忙呼应。

太后的眼光，严肃地从尔康、永琪脸上掠过，那眼光像两把冰冷的刀，带来一股刺骨的凉意。太后看完尔康和永琪，就冷冰冰地回头，对随从大声说道：

"把两位格格带回慈宁宫去！我帮她们醒酒！"

"喳！"一群太监应着，全部上前，拉起紫薇和小燕子。

尔康、永琪大震，眼睁睁看着紫薇和小燕子被带走，完全无法相救。

第
十
四
章

紫薇和小燕子被带进一间洗澡房。

太后盛怒地站在那儿看着，皇后得意地站在太后身边。

许多嬷嬷把紫薇和小燕子按进一个大浴盆里。太监提来了许多桶冷水，嬷嬷们就拿着冷水，对着两人当头浇了下去。

小燕子打了一个寒战，大叫：

"好冷！好冷！下雪了！下冰雹了！"

紫薇伸手一把抱住小燕子，惊喊：

"救命……救命……"

喊声没完，容嬷嬷拿起一桶水，又浇了下来。其他嬷嬷，纷纷拿着水桶，对两人不住地淋了下来。两个格格，被冷水一浇，鼻子里，嘴巴里全是水，顿时被呛得又是咳嗽，又是喷嚏。

太后提高声音，问：

"你们两个，醒了没有？如果没有醒，再来几桶冷水！"

又是好几桶冷水，对二人当头浇下。

两人满脸都是水，头发披在面颊上，好生狼狈。小燕子鼓着腮帮子，"噗……噗……噗……"，拼命把嘴里的水吐出来。

紫薇神志不清，发现自己坐在水里，就紧张得不得了，再被冷水一淋，更是惊慌失措，不知道发生了什么事，非常害怕，伸手乱抓，喊：

"小燕子……尔康……救命！我要沉下去了！我不会游泳呀……"

紫薇喊着，双手在水盆里乱扑乱打，把水花溅得容嬷嬷一头一脸。

"这个丫头在使坏，故意弄我一身水！"容嬷嬷喊，就狠狠地掐了紫薇一把。

紫薇一痛，更加慌乱，尖叫起来：

"哎哟！小燕子……救命，救命……有一条大鱼在咬我……"

"噗……噗……"小燕子不住把水吐出来，听到紫薇求救，就四面张望，找大鱼："大鱼在哪里？在哪里？"

太后被醉成这样的紫薇和小燕子气得发昏，皇后就凑过去说：

"老佛爷，我看，两个格格醉成这样，就是浇一夜的冷水，也不会醒！老佛爷不如去休息吧！这儿交给臣妾就可以了！"

"好吧！交给你了！想办法，非让她们醒过来不可！"太后生气地说。

"是！"

太后就气呼呼地出房去了。

太后一走，皇后就趾高气扬地喊了一声：

"容嬷嬷！桂嬷嬷！不用跟她们两个客气了！身为格格，居然和王孙公子，出去饮酒作乐，喝得大醉而归！这样荒唐，和风尘女子，有什么两样？"

容嬷嬷、桂嬷嬷大声应道：

"喳！"

容嬷嬷对小燕子狠狠地一拧。小燕子大叫：

"大鱼来了！大鱼来了！紫薇，你不要怕，我来保护你……"

小燕子一边叫着，就双掌齐飞，噼里啪啦打向容嬷嬷。容嬷嬷猝不及防，被打得七荤八素，气坏了，大喊："你这个疯丫头！"拔下一根发簪，就对小燕子刺去。

"哎哟！"小燕子大痛之下，呼啦一声，从水盆中一跃而起，嚷着，"紫薇，快逃！大鱼有刺！"

容嬷嬷大叫：

"抓住她！"

嬷嬷们就伸手去抓小燕子，哪里抓得住。小燕子就湿淋淋地，对那些嬷嬷拳打脚踢起来，嘴里还大叫不停：

"大鱼！来呀！来呀！有种你就过来……又会咬人，又会扎人……我打你一个落花流水……来呀！看看谁怕谁……"

那些嬷嬷们哪里是小燕子的对手，倒的倒，摔的摔，叫的叫……小燕子就浑身是水地扑上前去，乱打一气，水桶一个个翻倒，水流了满地。有些嬷嬷刚刚爬起来，又被水滑倒，"哎哟哎哟"叫成一片，真是名副其实的"落花流水"。

混乱中，紫薇也从水桶里跑了出来，追着小燕子说：

"我逃出来了！小燕子，还有没有大鱼？"

皇后看到这种情形，气得脸都绿了，喊着说：

"反了！反了！这还像话吗？容嬷嬷……"

皇后没有说完，小燕子直冲过来，把皇后也撞得跌倒在地。小燕子就拉住皇后，大叫着说："这里还有一条会叫的鱼！"就拉起皇后，不由分说地把她按进洗澡盆里去了。

"来人呀……来人呀……"皇后大喊。

"叫！还敢叫！给你喝水，给你喝水！"小燕子把皇后掀在水盆里，嘴里喃喃地念叨，"人都要喝水，早上要喝水，中午要喝水，晚上要喝水……喝水！喝水……"皇后连头带身子都被小燕子压在水里，迫不得已，咕嘟咕嘟喝着水。

这样一场大闹，当然把慈宁宫闹了一个鸡飞狗跳。太后气得简直不知道该怎么办才好。紫薇和小燕子，尽管冲了冷水，又大闹了一场，却始终没有清醒。太后只好命人给她们换了干衣服，把她们暂时关进了暗房。她这一生，还没有遭遇过这样离谱的事情，她也需要一点时间来想，该如何处置她们。

紫薇躺在暗房的地上，已经没力气了。

小燕子摸索着爬了过来，把紫薇抱在怀里，拍着紫薇说："不要怕，大鱼都被我打跑了，这里没有大鱼了！"说着，抬头一看，看到供桌上的香火，闪烁着两簇火光，就纳闷起来："可是……那儿有一对小眼睛，闪啊闪的！说不定是妖怪！你不要动，我去打妖怪……"

小燕子就要"飞身而起"，哪儿还飞得动，一跳，就撞在供桌的桌角上。

"哎哟！哎哟……"小燕子跌在地上哼哼。

紫薇大惊，暗房中好黑，她四面摸索：

"小燕子，你在哪里？不要走……"

紫薇满地爬，终于抓到了小燕子的腿。小燕子什么都看不见，突然感觉有手抓住自己，就大叫出声："妖怪！妖怪！妖怪抓住了我的腿……"说着，低头一口咬在紫薇手上。

紫薇甩着手大叫：

"哎哟……妖怪咬我……咬我……"

小燕子急忙把紫薇抱进怀中。

"不怕，不怕！有我呢！"就大声呵斥作法，"我小燕子在这儿，妖魔鬼怪通通滚！嘛咪嘛咪急急如律令！"

"妖怪走了没有？走了没有？"

"我也不知道……"小燕子也很害怕，四面张望，"那两个小眼睛还在……"就对着香火挥手："滚！滚！"

两人自己吓自己，紧紧张张地抱在一地，瑟缩在墙角，都已筋疲力尽。

安静了一会儿，小燕子就躺在地上，哼哼着说："好多鸟在飞……飞啊……飞啊……"声音渐小，睡着了。

紫薇轻轻地唱："山也迢迢，水也迢迢，山水迢迢路遥遥……"唱了两句，就倒在小燕子身边，枕着小燕子的胳臂，也呼呼入睡了。

半晌，房门被轻轻地推开了。

晴儿很紧张地闪身进房，手里拿了两条棉被。就着门口射进来的光线，看着躺在地上的紫薇和小燕子，低喊：

"小燕子！紫薇！"

两人蠕动身子。小燕子突然喊了起来：

"不许跑！有种你就不要逃……"

晴儿吓了好大一跳，转身就想逃出房，发现没有动静，再回头定睛细看，才发现是小燕子在说梦话。晴儿折回两人身边，蹲下身子，推着两人，低声说：

"小燕子，紫薇，这房里又阴又冷，你们最好不要睡！"

两个人睡得打呼，推也推不动。

晴儿没办法，就拉开棉被，把两个人都仔细地盖好。

"那么，千万盖好棉被，不要弄病了！天亮以前，我再来拿回棉被！听到没有？"

两人睡得好沉，动也不动。晴儿摇摇头，就把两人密密地盖好，偷偷地出去了。

这夜，漱芳斋里的人，一个也没睡。尔康和永琪，根本没有离开漱芳斋，两人也不管合适不合适，礼法不礼法，就在漱芳斋急得团团转。他们把小邓子、小卓子、小顺子、小柱子全部派出去，要他们去慈宁宫的太监房打听消息。宫里，虽然每个宫之间，都有派系，可是，太监与太监之间，仍然有着自己的情谊。

几个太监去了好久都没回来，眼看过了三更，人人急得像热锅上的蚂蚁。

"小姐和小燕子，醉得连站都站不稳，脑筋也不清不楚，老佛爷把她们带走，我想想都会害怕！等会儿，老佛爷问东，她们答西，会不会把老佛爷弄得更加生气呢？"金锁问。

"我担心的也是这个！"永琪说，"平常，小燕子出了错，好歹有个紫薇在旁边帮忙打圆场，现在，紫薇醉成那样，两个人谁也帮不了谁，不知道会出什么状况？"

尔康痛苦得不知道怎么才好，自责地用手拼命敲着脑袋："反正我是罪魁祸首，我真恨不得把自己给杀了！她们两个这种样子进了慈宁宫，还会有好结果吗？我不要等了！我还是去找皇上，除了皇上，没有人能救她们！"尔康说着，往门外就冲。

永琪一把拉住他。

"现在什么时辰了？怎么可以去找皇阿玛呢？"

"我要急死了！老佛爷说是带去'醒酒'，用什么方法'醒酒'？会不会要容嬷嬷给她们'醒酒'？会不会再用针刺什么的？"

永琪一听，就急得五内烦躁。

"如果容嬷嬷敢对她们两个用刑，我非杀了她不可……"

正在说话中，房门响，大家都扑奔到门口。

只见到小邓子、小卓子带着一个穿着披风，连头带脸都蒙着的人，急急忙忙赶到。

"五阿哥，福大爷！咱们带了一个人来了！"小邓子说。

"两位格格的事，她比谁都清楚！"小卓子说。

大家惊疑着，来人把披风帽子放下，对着尔康、永琪嫣然一笑，原来是晴儿。

"晴儿！"尔康惊呼。

永琪喜出望外，急忙问：

"晴儿，她们两个吃亏了吗？怎么样？赶快告诉我！"

晴儿看着两人，一直笑，说：

"吃亏的不是她们，是皇后和容嬷嬷，差点没有被她们两个给淹死！你们没有见到那个场面，简直'惊心动魄'！我现在才知道，跟这两个格格在一起，要不'惊心动魄'都不容易！"

尔康急急地问：

"什么'淹死'？怎么会'淹死'呢？"

"老佛爷要皇后娘娘给她们两个'醒酒'，把她们按在澡盆里冲冷水，也不知道是怎么一回事，里面就打起来了！等到我们大家赶到的时候，一屋子嬷嬷摔得四仰八叉，两个格格把皇后按在洗澡盆里喝洗澡水！"晴儿清脆地说，眼里全是笑意。

尔康、永琪眼睛都睁得好大：

"啊？"

金琐和明月、彩霞互视，大家都惊讶得一塌糊涂。

"后来，老佛爷把她们关在暗房里，当然又是要她们'闭门思过'啦！我已经进去看过了，她们抱在一起，'闭门大睡'！我想，打雷也吵不醒她们！我给她们盖了棉被，让她们好好地睡一觉再说！反正，天塌下来也是明天的事了！"

永琪又惊又喜，对晴儿一揖到地。

"晴儿，谢谢你！有你这么好心，明里暗里地帮着她们，永琪记在心里了！"

晴儿笑笑，看了尔康一眼，再说："看到小卓子他们在那儿没头苍蝇似的乱绕，知道你们两个急坏了，怕他们话说不清楚，干脆过来跟你们说一声。我可不能多停留，给老佛爷发现了，就该我给关进暗房去了！好了，我走了！"对尔康抬了抬眉毛："你都没有话要跟我说吗？"

尔康一怔，心情真是复杂极了：

"我……我……也记在心里了。"

晴儿一语双关地说："你'有心'就好了！"晴儿说完，往屋外就走。

永琪急忙喊：

"小邓子！小卓子！保护晴格格回去！"

晴儿和小邓子、小卓子，急急地走了。

晴儿消失了踪影，尔康和永琪就相对一视，惊喜交集。尔康不敢相信地说：

"紫薇和小燕子把皇后按在澡盆里喝洗澡水？可能吗？"

"晴儿这样说，绝对没错了！哈！小燕子真是奇人，连醉酒都醉得稀奇！"永琪脸色一正，看着尔康，"晴儿这个人情债，你准备怎么还？"

金琐立刻深深地看了尔康一眼。

尔康拍了一下脑袋。

"唉！我真是一个头有两个大！"他吸了口气，"现在，没办法操心那么多，我也得回家去了。明天一早再进宫来看状况！"想想，又担心起来："天气这么冷，还被拖去冲冷水，醉成那样，又在地上睡一夜！会不会弄出病来呢？金琐、明月、彩霞！你们还是准备一些姜汤吧！"

"是！"金琐哀怨地看了尔康一眼，"姜汤我们会准备，只怕小姐好多病，不是姜汤可以医治的！其他的病，恐怕还要尔康少爷来开药！"

尔康大大地震动了。

天亮时分，紫薇醒了，拥着棉被，坐起身子四看。

"我在哪里？天啊，这是慈宁宫的暗房！"紫薇低头看到小燕子，就去推小燕子，"小燕子！醒醒啊！你瞧，我们又被关进暗房里来了！"

小燕子翻了一个身，拥着棉被继续睡。

"棉被？"紫薇拉起棉被，困惑极了，又去推小燕子，"小燕子！你看，老佛爷把我们关在这儿，可是，她心里还是对我们好，还给我们盖棉被呢！小燕子！起来！起来！不要睡了！

小燕子打了一个大哈欠，终于被紫薇叫醒了。她伸了一个懒腰，坐起身，四面一看，暗房里黑乎乎的。

"天还没亮呢，叫我起床干吗？再睡！再睡！"

小燕子倒回地上，"砰"的一声，碰了头。

"哎哟，这个床怎么这么硬？"

"这是老佛爷的暗房啊！小燕子，我们怎么会被关进来的？你记不记得？"

"暗房？"小燕子再度坐起身子，真的醒了，揉着脑袋，
"我怎么这儿也痛，那儿也痛……我们怎么会在这儿呢？我记
得，我们在会宾楼打架，打得落花流水……"正说着，房门
吱呀一声，被轻轻地打开。晴儿一闪身进来。

晴儿看了看，就直奔两人身旁，蹲下身子，急促地问：

"你们醒了没有？我是晴儿！"

"晴儿！"紫薇大震，晴儿！让她心碎的那个晴儿！和尔
康"雪夜谈心"的那个晴儿！将和她"分享"尔康的那个晴
儿！她瞪着晴儿，心绪如麻。

晴儿飞快地说：

"听好！你们昨晚大醉，被老佛爷逮到，带回慈宁宫来
'醒酒'。醒酒的经过，现在没时间谈！接着，你们就被关进
来了！棉被是我给你们送来的，我要拿走了。不能让老佛爷
知道我在帮你们，要不然我的日子就不好过了！等会儿老佛
爷问起，千万别说你们有棉被，千万别供出我来啊！"

小燕子大惊：

"你给我们送棉被？"

紫薇更是震动，一瞬也不瞬地盯着晴儿，心绪紊乱。

"我走了！老佛爷那儿，我尽量去想办法！"

晴儿就抱起棉被，溜出门去了。

紫薇和小燕子面面相觑，紫薇感到，那条棉被的余温还
在自己身上。但是，她的心，却被纷乱的情绪胀满了。说不
出来是感激，是嫉妒，是惊讶，是痛楚……那条棉被，真有

千斤重啊！

晴儿离开了暗房，就赶到太后寝宫，来侍候太后起床。坎肩，珠串，旗头，耳环……一件件亲手准备。宫女们也忙忙碌碌，打水的打水，绞毛巾的绞毛巾，递漱口水的递漱口水……

太后看着忙忙碌碌的晴儿，对她充满了爱怜，说道：

"晴儿，怎么今天亲自来帮我穿衣服？其实让丫头们忙，就可以了！"

"每次她们做，总是缺了这个，少了那个，还是我比较在行！"

"被你服侍惯了，将来没有你，我怎么办？"太后笑看晴儿。

"我就永远陪着老佛爷。"

"那我就太造孽了！放心吧！你的事情，我可一直放在心上。"太后话中有话。

"老佛爷说些什么？我可听不懂。"晴儿自顾自地帮太后穿衣整装。

太后看她一眼，笑笑。

"听不懂就算了。"看到晴儿，就想起紫薇，忽然脸色一正，问，"那两个丫头怎么样？有没有派人去看一看？"

晴儿乘机对太后请了一个大安，说：

"晴儿有事求老佛爷！"

"什么事？那么严重的样子？"

"老佛爷，您就饶了那两个格格吧！不要再追究了。"晴儿恳求地说。

"为什么?"太后生气地说,"她们跑到宫外喝酒作乐,行为放荡。回宫以后,还大发酒疯,把慈宁宫也闹得人仰马翻!再不教训,还得了?"

"她们两个,已经冲过冷水,睡过暗房……现在,肯定知道闯了大祸,胆战心惊了。老佛爷就看在晴儿面子上,让她们回漱芳斋吧!晴儿怕她们在酒后,睡了一夜暗房,会闹出病来,万一病了,总是在慈宁宫病的,皇上那儿,也不好交代!"

太后深深地看着晴儿,敏锐地问:

"晴儿,你好奇怪,怎么总是帮着那两个丫头说话?"

晴儿垂下睫毛,深深一叹。

"不敢瞒老佛爷,晴儿受人之托,忠人之事。"

太后一震。

"受谁之托?"

"尔康。"

太后又一个震动,更深深地看着晴儿。

"这个托付,对你很重要吗?"

晴儿深思了一下:

"其实,还有另外一个原因。"

"什么原因?"

"那个小燕子没爹没娘,紫薇也失去了母亲,她们和我的身世,其实很像啊!不过,我有老佛爷宠着,怜惜着,比她们就强多了!所以,心里对她们很同情!"

太后震动了,仔细地看晴儿,想了片刻,问:

"你觉得，你和紫薇，可以成为朋友吗？"

晴儿诚恳地点了点头，坦白地说：

"晴儿觉得，紫薇和小燕子，都是很纯真的人，紫薇温柔美丽，楚楚动人。小燕子活泼淘气，热情奔放……其实，我有点羡慕她们两个，她们虽然常常把宫里搅得乌烟瘴气，可是活得多彩多姿。我觉得，她们是那种可以为朋友两肋插刀的人！我也很希望能够和她们成为朋友！"

太后深深地看着晴儿。

"我明白了。我要好好地想一想！"就抬头说道，"好吧！那两个丫头，我就不再追究了！但愿，她们明白你为她们做了什么。把她们叫来吧！"

晴儿急忙屈膝：

"是！晴儿谢老佛爷恩典！"

紫薇和小燕子，立刻被带到太后面前。

两人知道，这次的祸闯大了，都规规矩矩地跪在太后面前。紫薇太后磕下头去，惭愧而诚恳地说：

"紫薇给老佛爷请安！昨晚喝醉了回宫，实在罪该万死！听说又大闹了慈宁宫，紫薇惭愧极了！真的没脸来见老佛爷！不知道怎样才能赎罪。"

太后听到紫薇言语诚恳，想着晴儿，深深地看了她一眼：

"算了！这个醉酒的事，就到此为止！我希望你们两个是真的忏悔了，真的觉悟了。别说你们是格格，就算是普通人家的姑娘，也不该在酒楼里喝得大醉！"

紫薇真心后悔，伏地说道：

"紫薇知错了！谨遵老佛爷教诲，以后一定再不重复这种错误！"

太后见到紫薇语气诚恳，态度谦恭，就比较释然了，想了想，依然说道：

"本来，你们两个，我一定要重办！给宫里立下一个规矩，可是，晴儿一早就为你们两个请命，看在晴儿分上，我再一次原谅你们！"

紫薇一震，抬头看了晴儿一眼。小燕子很困惑，也看了晴儿一眼。

晴儿对她们微微一笑。

太后就站起身来：

"好了！你们两个，回漱芳斋去吧！以后，自己检点一点！"

小燕子没想到那么容易过关，大喜过望，急忙磕头谢恩：

"谢老佛爷恩典！"

紫薇跟着磕头，心里翻江倒海般汹涌着难绘难描的情绪，是爱是恨，是悲是喜，自己已经整理不清了。

紫薇和小燕子回到漱芳斋，金琐、明月、彩霞、小邓子、小卓子就全部迎上前去，大家都整夜没睡，看到两人，欢喜得手足无措了。金琐惊喜地喊着："小姐！你们回来了？老佛爷没再为难你们吗？"拉着紫薇前看后看："有没有挨打？有没有被罚？除了关暗房，还有没有别的？"

"还好。我没事，没事！"紫薇有些心不在焉，还在想着晴儿。

小燕子回到漱芳斋，精神全来了，兴高采烈地嚷：

"我是什么人物？怎么可能有事呢？小邓子常常说的……那个菩萨转世……"

"大难不死，逢凶化吉！"小邓子笑着说。

"是呀，我是菩萨转世，死不掉的！"

"赶快进来！赶快进来！姜汤都准备好了，先喝一碗再说！"彩霞喊。

小卓子却体贴地喊道：

"我去给五阿哥和福大爷送信去！要不然，他们一定急急忙忙去找皇上了！"

小卓子就飞也似的往门外冲，却和急急进门的尔康、永琪撞了一个满怀。

小卓子撞到鼻子，一面叫"哎哟"，一面急忙请安：

"五阿哥吉祥！福大爷吉祥！"

尔康、永琪冲进了院子。永琪欢天喜地地说：

"晴儿已经派人跟我们说了，恭喜恭喜，大家有惊无险！"

紫薇一见到尔康，眼睛一红，就把头转开，用背对着他。尔康此时，整颗心都软了化了，所有的骄傲怒气都飞了，恨不得把紫薇拥在怀里，捧在手心里，揣在口袋里，藏在心坎里……看到紫薇转头不看他，心里更是沸滚的油锅一样，说不出来的烧灼和痛楚。他奔上前去，拉住她的手。

"我们进屋里去谈！"

紫薇挣扎了一下，尔康哪里允许她挣开，紧紧地拉着她，拉进了房间。

小燕子和永琪对看了一眼，就很有默契地留在外面。

尔康拉着紫薇进了房间，关上房门。

紫薇心里一酸，跑到窗前去，还是不肯看他。尔康冲了过来，一把就把她抱进怀里。紫薇用力一挣，挣脱了他，喊：

"你不要碰我！"

尔康就使劲地握住她的手，盯着她的眼睛，哀求地说：

"不要再跟我生气了，好不好？自从那天和你大吵之后，我这两天，真是度日如年！日子怎么过的，我都不清楚！只知道，我脑子里，心里，思想里……全是你！你的名字，你的温柔，你的生气，你的眼泪，你的笑，你的好，你的诗情画意！我真的快被你折腾得活不下去了！你再不理我，我会一命呜呼的！"

紫薇眼睛一眨，泪珠滚落，哽咽地说：

"我说过，不要再听你！你这些甜言蜜语，留着去对晴儿说吧！"

尔康热烈地瞅着她，眼里盛满了深深切切的真情：

"晴儿根本不在我脑子里，不在我心里，我怎么对她说呢？"

"你不是说，我配不上你吗？"紫薇越想越委屈。

尔康抓住她的手，打了自己一耳光。

"你打我，好不好？那个时候，我在生气嘛！你也在生气呀！生气的时候，说的话都不算话，我们把它全体收回，好不好？"

"不好！你心里已经轻视我了，你拿我和晴儿比，你发现她比我好，你已经后悔和我的婚事了……"

尔康惊愕地看着她，急得不得了：

"哪有这样？谁说的？"

"你自己说的！"

"我哪有说这些混账话？"

紫薇哀怨地抬起眼睛来，看他一眼，这一眼，让尔康心都碎了。

"你跟她看雪看月亮，看了一整夜，从诗词歌赋谈到人生哲学……我都没有和你看雪看月亮，也没跟你从诗词歌赋谈到人生哲学……"

尔康一把抱住她，一迭连声地喊：

"我错了！错了！错了！好不好？我不该跟她看雪看月亮，不该跟她谈一整夜，不该谈诗词歌赋人生哲学！以后，只和你看雪看月亮，只和你谈诗词歌赋和人生哲学，好不好？"

"不好！不好！她已经站在我们中间了！再也不可能消失了！"

"她哪有站在我们中间？只要你不生气，我会努力去和皇上沟通！你要给我时间呀！如果我们自己都乱了章法，彼此制造裂痕，那我们才没救了！无论如何，你实在不应该说，要从我生命里退出！这太严重了！"

"宁为玉碎，不为瓦全！"紫薇低下头去。

"我跟你保证：不用玉碎，不是瓦全！"尔康用手托起她的下巴，凝视她。

"可是……可是……"紫薇眼泪一掉，痛楚地说，"还有金琐！她已经爱上了你，认定了你，我要把你让给她！"

尔康大惊失色：

"这是什么话？"

"我不知道，我已经好混乱，头好痛，我没有力气想……"紫薇可怜兮兮地说。眼神里，尽是无奈和憔悴。她用手揉着额头，真的头好痛好痛。

尔康心痛得快晕了，急忙说：

"不要想了！我是你的，是你一个人的！没有其他的人，可以在我生命里取代你，更没有人能够和你分享我！要怎么办，让我去想，让我去操心吧！"

紫薇不说话了，面对这样的尔康，真是柔肠寸断，百折千回了。

尔康就深深切切地看着她，柔声地，诚挚地，忏悔地说：

"昨天，我看着你在会宾楼灌酒，心痛得快要死掉，就是脾气强，不肯认输！后来，你醉得人事不知，和小燕子搂着唱歌，我没有办法让你清醒，当时，我真想把自己杀掉！等到回到宫里，眼睁睁地看着你被太后带走，我又没办法救你，我急得快要死掉！后来，听说你被冲冷水，关暗房，我再度心痛得要死掉……这一天一夜，你过得好辛苦，我也是'九死一生'了！"

紫薇眼泪纷纷往下掉，再也无法矜持什么了，痴痴地看着他。尔康也痴痴地看着她，哑声地问：

"原谅我了吗？"

紫薇轻声地回答：

"山无棱，天地合，才敢与君绝！"

尔康眼中一热，张开手臂，把紫薇紧紧地，紧紧地拥进怀中。紫薇依偎在他怀里，听着他的呼吸，感觉着他的心跳。此时此刻，什么都不存在了，她眼里心里，只有这个男人，尔康！她的尔康！至于晴儿，至于金琐，她真的没有力气想了！

第一册完，待续第二册《生死相许》

（京权）图字：01-2025-0195

图书在版编目（CIP）数据

还珠格格.第二部.1,风云再起/琼瑶著.--北京：作家出版社，2025.1.--（琼瑶作品大全集）.--ISBN 978-7-5212-3236-3

Ⅰ.Ⅰ247.5

中国国家版本馆 CIP 数据核字第 2025YB6918 号

版权所有 © 琼瑶

本书版权经由可人娱乐国际有限公司授权作家出版社出版简体中文版

非经书面同意，不得以任何形式任意重制、转载。

还珠格格　第二部 1　风云再起（琼瑶作品大全集）

作　　者：琼瑶
责任编辑：桑桑　晓寒
装帧设计：棱角视觉　纸方程·于文妍
责任印制：李大庆　金志宏
出版发行：作家出版社有限公司
社　　址：北京农展馆南里 10 号　　邮　　编：100125
电话传真：86-10-65067186（发行中心）
　　　　　86-10-65004079（总编室）
E-mail: zuojia@zuojia.net.cn
http://www.zuojiachubanshe.com
印　　刷：唐山玺诚印务有限公司
成品尺寸：142×210
字　　数：183 千
印　　张：8.875
版　　次：2025 年 1 月第 1 版
印　　次：2025 年 1 月第 1 次印刷
ISBN　978-7-5212-3236-3
定　　价：2754.00 元（全 71 册）

作家版图书，版权所有，侵权必究。

作家版图书，印装错误可随时退换。

品 琼 瑶 经 典

忆 匆 匆 那 年

1963 《窗外》

1964 《幸运草》

1964 《六个梦》

1964 《烟雨蒙蒙》

1964 《菟丝花》

1964 《几度夕阳红》

1965 《潮声》

1965 《船》

1966 《紫贝壳》

1966 《寒烟翠》

1967 《月满西楼》

1967 《翦翦风》

1969 《彩云飞》

1969 《庭院深深》

1970 《星河》

1971 《水灵》

1971 《白狐》

1972 《海鸥飞处》

1973 《心有千千结》

1974 《一帘幽梦》

1974 《浪花》

1974 《碧云天》

1975 《女朋友》

1975 《在水一方》

1976 《秋歌》

1976 《人在天涯》

1976 《我是一片云》

1977 《月朦胧鸟朦胧》

1977 《雁儿在林梢》

1978 《一颗红豆》

1979 《彩霞满天》

1979 《金盏花》

1980 《梦的衣裳》

1980 《聚散两依依》

1981 《却上心头》

1981 《问斜阳》

1981 《燃烧吧！火鸟》

1982 《昨夜之灯》

1982 《匆匆，太匆匆》

1984 《失火的天堂》

1985 《冰儿》

1989 《我的故事》

1990 《雪珂》

1991 《望夫崖》

1992 《青青河边草》

1993 《梅花烙》

1993 《鬼丈夫》

1993 《水云间》

1994 《新月格格》

1994 《烟锁重楼》

1997 《还珠格格第一部1阴错阳差》

1997 《还珠格格第一部2水深火热》

1997 《还珠格格第一部3真相大白》

1997 《苍天有泪1无语问苍天》

1997 《苍天有泪2爱恨千千万》

1997 《苍天有泪3人间有天堂》

1999 《还珠格格第二部1风云再起》

1999 《还珠格格第二部2生死相许》

1999 《还珠格格第二部3悲喜重重》

1999 《还珠格格第二部4浪迹天涯》

1999 《还珠格格第二部5红尘作伴》

2003 《还珠格格第三部天上人间1》

2003 《还珠格格第三部天上人间2》

2003 《还珠格格第三部天上人间3》

2017 《雪花飘落之前——我生命中最后的一课》

2019 《握三下，我爱你——翩然起舞的岁月》

2020 《梅花英雄梦1乱世痴情》

2020 《梅花英雄梦2英雄有泪》

2020 《梅花英雄梦3可歌可泣》

2020 《梅花英雄梦4飞雪之盟》

2020 《梅花英雄梦5生死传奇》

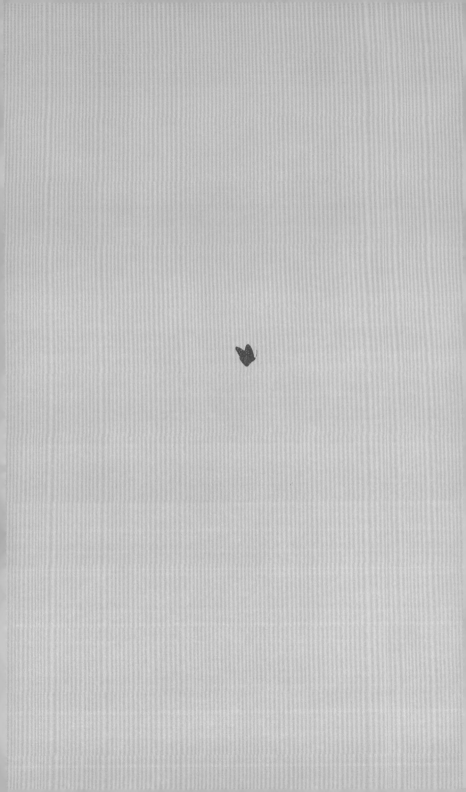